IN UNA PENSIONE TEDESCA

KATHERINE MANSFIELD, al secolo Kathleen Mansfield Beauchamp, nacque nel 1888 in Nuova Zelanda in una ricca e influente famiglia dell'alta borghesia di Wellington. Tra il 1898 e il 1899 pubblicò i suoi primi racconti nel giornale del liceo firmandosi per la prima volta Katherine Mansfield, ma da piccola era talmente svogliata e ribelle che la la famiglia pensò che volesse mettersi in mostra imitando la cugina scrittrice Elizabeth von Arnim (Mary Beauchamp), invece Katherine aveva già deciso che avrebbe rischiato tutto pur di diventare scrittrice e nel 1902 riuscì a trasferirsi a Londra con una pensione paterna di cento sterline l'anno. Nella capitale, libera da ogni legame col passato, si abbandonò alla frenesia di una vita sentimentale smodata, caratterizzata anche da frequentazioni bisessuali nelle quali contrasse la gonorrea. Nel 1909, dopo una gravidanza inattesa e un matrimonio riparatore probabilmente non consumato, fu obbligata dalla madre a soggiornare per un periodo alla stazione termale di Bad Wörishofen, in Baviera, con l'idea che i bagni l'avrebbero aiutata a sistemare una volta per tutte le sue tendenze bisessuali. Qui conobbe l'opera di Anton Čechov e cominciò a lavorare alla sua prima raccolta di racconti, ma perse il bambino. Nel 1911 la Stephen Swift & Co di Londra pubblicò *In una pensione tedesca*, e forse sarebbe stato un successo ancora più eclatante per l'autrice se le copie del suo libro non si fossero disperse durante il naufragio del Titanic e l'azienda liquidata; ma la Mansfield non si perse d'animo e cominciò a frequentare gli intellettuali del Bloomsbury Group: Virginia Woolf in particolare gli fu molto vicina e con la sua eterna rivalità la incoraggiò a continuare a perfezionarsi nella scrittura. In quel periodo conobbe il critico John Middleton Murry e se ne innamorò, ma nel 1917 contrasse la tubercolosi, probabilmente a causa di una breve convivenza con il già malato D. H. Lawrence e la moglie Frieda. Intanto, nel 1918, dopo il divorzio dal primo marito, Katherine sposò John Middleton Murry e pubblicò *Prelude* con la Hogart Press di Leonard e Virginia Woolf. Con l'aggravarsi della malattia, l'autrice decise di rifiutare le cure prescritte e l'obbligo di riposo assoluto per concentrarsi esclusivamente sulla scrittura delle sue opere. Dopo la pubblicazione delle raccolte *Felicità e altri racconti*, nel 1920, e *La festa in giardino e altri racconti*, nel 1922, la Mansfield diventò una delle più famose e originali esponenti del Modernismo. Malgrado i suoi sforzi non riuscì a trovare una cura olistica per la tubercolosi e morì di emorragia nei pressi di Fontainebleau, in Francia, nel gennaio del 1923, mentre faceva le scale di corsa al ritorno del marito. Murry, suo esecutore letterario pubblicò tutti i racconti inediti della scrittrice compreso il suo amato carteggio e il diario.

SILVIA LICCIARDELLO MILLEPIED lavora nell'editoria dal 2012 e ha pubblicato e curato centinaia di opere letterarie. Tra le sue ultime traduzioni troviamo *Il nipote di Rameau* di Denis Diderot; diverse opere di Alexandre Dumas tra cui *La marchesa di Brinvilliers: l'avvelenatrice (1676)*; *Vita e avventure di Lazzarillo de Tormes* e molti altri. Maggiori informazioni su silvialicciardello.com.

KATHERINE MANSFIELD
In una pensione tedesca

Traduzione di S. LICCIARDELLO

Res stupenda in libris invenitur.

IL CAVALIERE DELLE ROSE

ISBN: 979-10-378-0134-0

www.immortalistore.com

Edizione di riferimento: K. Mansfield, *In A German Pension*, Stephen Swift & Co. Ltd., London, 1911

Prima edizione nel «Cavaliere delle rose» febbraio 2024

© 2024 Silvia Licciardello Millepied

INDICE

IN UNA PENSIONE TEDESCA

Tedeschi a tavola	I
Il Barone	6
La sorella della Baronessa	11
Frau Fischer	18
Frau Brechenmacher va a un matrimonio	26
L'anima moderna	35
Da Lehmann	47
Il Luft Bad	56
Una nascita	61
La Bambina-che-era-stanca	74
La Signora Evoluta	84
L'oscillazione del pendolo	96
Una vampata	109

TEDESCHI A TAVOLA

Fu messa in tavola la zuppa di pane.

– Ah, – disse Herr[1] Rat, piegandosi sul tavolo e sbirciando nella zuppiera. – È quel che mi ci vuole. Ho il *Magen*[2] in disordine da diversi giorni. Zuppa di pane, e densa proprio a puntino. Sono un bravo cuoco anch'io – e si voltò verso di me.

– Che cosa interessante, – dissi, sforzandomi di infondere alla mia voce l'esatta dose di entusiasmo.

– Oh, sì – è necessario, quando non si è sposati. Per quanto mi riguarda, ho avuto dalle donne tutto quel che volevo senza matrimonio. – S'infilò il tovagliolo nel colletto e soffiò sulla minestra continuando a parlare. – Ora alle nove mi preparo una colazione all'inglese, ma senza esagerare. Quattro fette di pane, due uova, due fette di prosciutto crudo, un piatto di zuppa, due tazze di tè, questo per voi è niente.

L'asserzione era così imperiosa che non ebbi il coraggio di contraddirla.

D'improvviso ebbi tutti gli occhi addosso a me. Sentivo di portare il peso dell'assurda prima colazione nazionale, io che la mattina bevevo una tazza di caffè mentre mi abbottonavo la camicetta.

– Proprio niente, – esclamò Herr Hoffmann di Berlino. – *Ach*, quand'ero in Inghilterra, la mattina mangiavo.

Alzò gli occhi e i baffi, asciugandosi le gocce di minestra

---

[1] *Herr*: signore o sir.
[2] *Magen*: stomaco.

colate sulla giacca e sul panciotto.

– Mangiano davvero tanto? – chiese *fräulein*[3] Stiegelauer.
– Zuppa e pane fresco, e carne di maiale, e tè e caffè, e frutta cotta, e miele e uova, e pesce freddo e rognoni, e pesce caldo e fegato? E le signore, le signore in particolare, mangiano anche loro?

– Certamente. L'ho notato personalmente, quando vivevo in albergo a Leicester Square, – esclamò Herr Rat. – Era un buon albergo, ma non sapevano fare il tè, ... insomma...

– Ah, ecco una cosa che *so* fare, – dissi con un riso vivace. – Il mio tè è ottimo. Il gran segreto è scaldare la teiera.

– Scaldare la teiera, – m'interruppe Herr Rat allontanando il piatto di zuppa. – E a che serve scaldare la teiera? Ah, ah! Questa è proprio bella! non si mangia mica la teiera, no?

Mi puntò addosso i suoi freddi occhi azzurri con un'espressione che evocava mille invadenze premeditate.

– Allora è questo il gran segreto del vostro tè inglese? Tutto quello che fate è scaldare la teiera.

Volevo dire che quello era solo il passo preliminare, ma non riuscii a tradurlo, e così tacqui.

La domestica portò il vitello con *sauerkraut*[4] e patate.

– Mangio i *sauerkraut* con grande piacere, – disse il Viaggiatore dalla Germania settentrionale, – ma ormai ne ho mangiati tanti che non riesco a trattenerli. Sono subito costretto a...

– Bella giornata, – esclamai, rivolgendomi a Fräulein Stiegelauer. – Si è alzata presto?

– Alle cinque ho camminato per dieci minuti sull'erba bagnata. Sono rientrata a letto. Alle cinque e mezzo mi sono

---

[3] *Fräulein*: signorina.
[4] *Sauerkraut*: crauti.

addormentata, alle sette mi sono svegliata e lavata da capo a piedi! Sono tornata a letto. Alle otto ho fatto degli impacchi d'acqua fredda, e alle otto e mezza ho bevuto una tazza di tè alla menta. Alle nove ho bevuto un caffè d'orzo e ho cominciato la mia «cura». Per favore, mi passi i *sauerkraut*. Lei non ne mangia?

– No, grazie. Li trovo ancora un po' forti.

– È vero, – chiese la Vedova, stuzzicandosi i denti con una forcina, – che lei è vegetariana?

– Be', sì: non mangio carne da tre anni.

– Impossibile! Ha figli?

– No.

– Ecco, lo vede come va a finire? Si è mai sentito che vengano dei bambini, a mangiare verdura? Non è possibile. Ma ormai da voi in Inghilterra non ci sono più famiglie numerose; suppongo che siate troppo occupate a fare le suffragette. Io invece ho avuto nove figli, e son tutti vivi, grazie a Dio. Dei bei bambini sani, anche se dopo la nascita del primo ho dovuto...

– Che *meraviglia!* – esclamai.

– Meraviglia? – disse la Vedova sprezzante, rimettendosi la forcina nella crocchia che le stava in bilico sulla testa. – Un bel niente! Una mia amica ne ha avuti quattro tutti insieme. Suo marito era così contento che offrì una cena e li fece mettere sul tavolo. Lei naturalmente ne era fierissima.

– La Germania, – tuonò il Viaggiatore, mordendo torno torno una patata che aveva infilzato col coltello, – è la patria della Famiglia.

Seguì un silenzio di consenso.

Furono cambiati i piatti per il manzo, i ribes e gli spinaci. Pulirono le loro forchette sul pane nero e ricominciarono.

– Per quanto tempo si ferma qui? – chiese Herr Rat.

– Non lo so esattamente. A settembre devo essere di nuovo

a Londra.

– Visiterà Monaco di Baviera, naturalmente?

– Temo di non averne il tempo. Vede, è importante che non interrompa la mia «cura».

– Ma *deve* andare a Monaco di Baviera. Non ha visto la Germania, se non è stata a Monaco. Tutte le Esposizioni, tutta l'Arte e l'Anima della Germania sono a Monaco. In agosto c'è il Festival wagneriano, e Mozart, e una collezione di dipinti giapponesi... e c'è la birra! Non si sa cos'è la birra buona, finché non si è stati a Monaco. Diamine, vedo fior di signore tutti i pomeriggi, ma fior di signore, le dico, che ne bevono boccali alti così. – Indicò l'altezza di una brocca da lavamano, ed io sorrisi.

– Se bevo parecchia birra di Monaco di Baviera sudo tanto, – disse Herr Hoffmann. – Quando sono qui, nei campi o prima dei bagni, sudo, e mi piace; ma in città è tutta un'altra cosa.

Spinto da quel pensiero, si asciugò faccia e collo col tovagliolo e si pulì accuratamente le orecchie.

Fu messo in tavola un piatto di vetro pieno di albicocche sciroppate. – Ah, la frutta! – disse Fräulein Stiegelauer. – È così necessaria alla salute. Il dottore mi ha detto stamattina che più ne mangio meglio è.

Ed ovviamente lei seguiva il consiglio.

– Immagino che anche voi abbiate paura di un'invasione, eh? Oh, questa è buona! Ho letto tutto sulla commediola di voi inglesi sul giornale. L'ha visto? – disse il Viaggiatore.

– Sì. – Mi drizzai sulla sedia. – Le assicuro che non abbiamo paura.

– Eh be', dovreste averne, – disse Herr Rat. – Neanche l'ombra di un esercito. Qualche ragazzino col sangue avvelenato dalla nicotina.

– Niente paura, – disse Herr Hoffmann. – Non la vogliamo l'Inghilterra. Altrimenti l'avremmo già avuta da un pezzo. Non vi vogliamo proprio.

Agitò il cucchiaio con brio, guardandomi come se fossi una bambina che poteva trattenere o congedare a piacimento.

– E di sicuro noi non vogliamo la Germania, – dissi.

– Stamattina ho fatto un semicupio. E questo pomeriggio devo farne uno alle ginocchia e uno alle braccia, – disse volenterosamente Herr Rat. – Poi faccio un'ora di esercizi, e ho finito. Un bicchiere di vino e un paio di panini alle sardine...

Servirono la torta di ciliegie con la panna montata.

– Qual è il piatto che preferisce suo marito? – chiese la Vedova.

– Non lo so proprio, – risposi.

– Non lo sa proprio? Da quanto è sposata?

– Tre anni.

– Ma non può dire sul serio! Non avrebbe potuto ignorarlo per più di una settimana, come moglie e donna di casa.

– Davvero non gliel'ho mai chiesto; non bada affatto a quel che mangia.

Silenzio. Mi guardarono tutti scuotendo la testa, con la bocca piena di noccioli di ciliegia.

– Non c'è da meravigliarsi che in Inghilterra si sta ripetendo la tremenda situazione di Parigi, – disse la Vedova, ripiegando il tovagliolo. – Come può credere una donna di tenersi il marito, se dopo tre anni non sa qual è il piatto che preferisce?

– *Mahlzeit!* [5]

– *Mahlzeit!*

Mi chiusi la porta alle spalle.

---

[5] *Mahlzeit*: Prosit.

IL BARONE

Chi è? – dissi. – E perché se ne sta seduto sempre da solo, dandoci anche le spalle per giunta?
– Ah! – bisbigliò Frau[6] Oberregierungsrat. – è un *Barone*.

Mi guardò con molta solennità, ma anche con una sfumatura di disprezzo, un'espressione che sembrava dire «come-ha-fatto-a-non-accorgersene-a-prima-vista»?

– Ma poveretto, non è colpa sua, – dissi. – Questa disgrazia non dovrebbe certo privarlo del piacere di uno scambio intellettuale.

Se non fosse stato per la forchetta, credo che si sarebbe fatta il segno della croce.

– Lei certo non può capire. È uno dei Primi Baroni.

Snervata, si mise a parlare con Frau Doktor[7] alla sua sinistra.

– La mia omelette è vuota, *vuota*, – protestò lei, – e questa è la terza che provo!

Guardai il Primo dei Baroni. Stava mangiando l'insalata: infilava una foglia intera di lattuga sulla forchetta e la deglutiva lentamente, come i conigli, un'operazione affascinante da osservare.

Piccolo ed esile, capelli e barba neri e radi, carnagione giallastra, vestiva invariabilmente abiti di serge nera, una camicia di lino grezzo, sandali neri e i più grandi occhiali con

---

[6] *Frau*: signora.
[7] *Frau Doktor*: dottoressa.

montatura nera ch'io abbia mai visto.

Herr Oberlehrer, seduto di fronte a me, sorrise benevolmente.

– Dev'essere molto interessante per lei, *gnädige Frau*,[8] poter osservare... questa, naturalmente, è una *casa d'alta classe*. In estate c'era qui una dama della Corte di Spagna; aveva mal di fegato. Abbiamo parlato spesso.

Io avevo un'espressione appagata e umile.

– Nelle vostre pensioni, in Inghilterra, non si trova la Prima Classe come in Germania.

– No davvero, – risposi, ancora ipnotizzata dal Barone, che sembrava un piccolo baco da seta giallo.

– Il Barone viene tutti gli anni, – riprese Herr Oberlehrer, – per i nervi. Non ha mai parlato con nessuno degli ospiti, *finora*. – Gli passò un sorriso sul volto. Credetti di avere con lui la visione di qualche splendido sconvolgimento di quel silenzio: un abbagliante scambio di cortesie in un nebuloso futuro, lo splendido sacrificio di un giornale a quest'Uomo Eccelso, un *danke schön*[9] da tramandarsi alle future generazioni.

In quel momento il postino, che sembrava un ufficiale dell'esercito tedesco, entrò con la posta. Mi gettò le lettere nel pudding al latte, e poi, bisbigliando, si rivolse a una cameriera. Lei si ritirò in fretta. Comparve il direttore della pensione con un vassoietto. Vi era posata una cartolina illustrata, che col capo rispettosamente chino, il direttore portò al Barone.

Da parte mia, mi sentii delusa che non ci fosse stata una salva di venticinque colpi di cannone.

---

8 *Gnädige Frau*: gentile signora.
9 *Danke schön*: molte grazie.

Alla fine del pasto ci servirono il caffè. Notai che il Barone prese tre zollette di zucchero, ne mise due nella tazza e avvolse la terza in un angolo del fazzoletto. Era sempre il primo ad entrare in sala da pranzo e l'ultimo a uscirne; e su una sedia vuota al suo fianco posava una valigetta di pelle nera.

Nel pomeriggio, affacciandomi alla finestra, lo vidi avanzare lungo la strada con passo tremulo, portando la valigetta. Ad ogni lampione che superava si ritraeva un po', come se si aspettasse di esserne colpito, o forse temendo una contaminazione plebea...

Mi chiesi dove andasse e perché si portasse quella borsa. Non l'avevo mai visto né al Casinò né allo Stabilimento Balneare. Aveva un'aria sconsolata, con quei piedi che gli scivolavano nei sandali. Mi ritrovai a compatire il Barone.

Quella sera, parte di noi era raccolta nel salone a discutere con febbrile animazione della «cura» del giorno. Frau Oberregierungsrat, seduta vicino a me, sferruzzava uno scialle per la minore delle sue nove figlie, che era in quel certo stato molto interessante e delicato... – Ma andrà tutto per il meglio, – mi disse. – Quel tesoro ha sposato un banchiere, il sogno della sua vita.

Dovevamo essere in otto o dieci; noi sposate ci scambiavamo confidenze sulla biancheria intima e sulle peculiari caratteristiche dei nostri mariti, le nubili discutevano di soprabiti e delle peculiari attrattive degli Eventuali Mariti.

– Li faccio da me a maglia, – udii esclamare Frau Lehrer, – di lana grigia e spessa. Ne mette uno al mese, con due colletti molli.

– E allora, – sussurrò Fräulein Lisa, – mi ha detto: «Lei mi piace davvero. Forse scriverò a sua madre».

Non c'è da meravigliarsi che fossimo un po' sovreccitate e polemiche. D'un tratto si aprì la porta e comparve il Barone.

Seguì un silenzio di tomba.

Entrò lentamente, esitò, prese uno stuzzicadenti da un piatto posato sul pianoforte, e uscì di nuovo.

Quando la porta si richiuse lanciammo un grido di trionfo! Era la prima volta, a quanto si sapeva, che entrava nel salone. Chi poteva cosa riservasse il Futuro?

I giorni si allungarono in settimane. C'eravamo ancora tutti, e la figurina solitaria, con la testa china come sotto il peso degli occhiali, mi ossessionava ancora. Entrava con la valigetta nera, si ritirava con la valigetta nera, e finiva lì.

Finalmente il direttore della pensione ci disse che il Barone sarebbe partito l'indomani.

«Oh,» pensai, «non potrà certo svanire nell'oscurità, sparire senza una parola! Certo onorerà almeno *una volta* Frau Oberregierungsrat o Frau Feldsleutswittwe prima di andarsene».

La sera di quel giorno piovve a dirotto. Andai alla posta, e mentre stavo ferma sui gradini, senza ombrello, esitando prima di tuffarmi nella strada melmosa, una vocetta esitante parve uscirmi da sotto il gomito.

Abbassai lo sguardo. Era il Primo dei Baroni con la valigetta nera e un ombrello. Ero pazza? Ero in me? Mi chiedeva di dividere quest'ultimo con lui. Io fui estremamente gentile, ma anche un tantinello diffidente e rispettosa come si conveniva. Attraversammo insieme il fango e la melma.

Be', c'è qualcosa di particolarmente intimo nel condividere un ombrello.

Si presta a creare un rapporto come quello che nasce con un uomo spazzolandogli la giacca, un po' audace, naïve.

Bruciavo di sapere perché sedeva sempre da solo, perché portava la valigetta, cosa faceva tutto il giorno. Ma fu lui stesso, volenteroso, a fornirmi le informazioni.

– Temo, – disse, – che la mia roba prenderà umidità. La porto invariabilmente con me in questa borsa, si ha bisogno di così poco, perché i domestici sono inaffidabili.

– Saggia idea, – risposi. E poi: – Perché ci ha privati del piacere...

– Sto seduto da solo per mangiare di più, – disse il Barone scrutando nel crepuscolo, – il mio stomaco richiede molto cibo. Ordino doppie porzioni, e me le mangio in pace.

Tutto ciò suonava ben baronale.

– E cosa fa tutto il giorno?

– Ingerisco nutrimento in camera mia, – rispose, con una voce che chiudeva la conversazione e quasi si pentiva per l'ombrello.

Quando arrivammo alla pensione scoppiò quasi una sommossa.

Corsi su fino a metà scala, e ringraziai il Barone in modo che mi sentissero dabbasso.

Rispose scandendo: – Non c'è di che!

Fu un gesto molto amichevole da parte di Herr Oberlehrer offrirmi un bouquet, quella sera, e Frau Oberregierungsrat mi chiese il modello per una cuffia da neonato!

*
**

L'indomani il barone era partito.
Sic transit gloria German mundi.[10]

---

[10] Rimando ad una famosa locuzione latina tratta da un passo dell'*Imitatio Christi*: «Sic transit gloria mundi», con il significato di "come sono effimere le cose del mondo" – in questo caso di quello germanico, per la spiritosa aggiunta di *German*.

LA SORELLA DELLA BARONESSA

Questo pomeriggio arrivano due ospiti nuovi, – disse il direttore della pensione, mettendo una sedia per me al tavolo della prima colazione. – Ho appena ricevuto stamani la lettera che me ne informa. La Baronessa Von Gall manda la sua bambina, la poverina è muta, per fare la «cura». Starà con noi un mese, e poi verrà la Baronessa in persona.

– La Baronessa Von Gall, – esclamò Frau Doktor, entrando nella stanza e annusando visibilmente quel nome. – Viene qui? C'era una sua fotografia proprio la settimana scorsa su *Sport e Salotto*. È amica della casa reale: ho sentito dire che la Kaiserin le dà del tu. Ma è una cosa deliziosa! Seguirò il consiglio del dottore e passerò qui sei settimane in più. Non c'è nulla di meglio della compagnia dei giovani.

– Ma la bambina è muta, – azzardò il direttore in tono di scusa.

– Bah! Che importa? I bambini infelici hanno dei modi così carini. – Ogni ospite che entrava nella sala della prima colazione veniva bombardato con la meravigliosa notizia. – La Baronessa Von Gall manda qui la sua bambina; fra un mese verrà la Baronessa in persona. – Il caffè coi panini assunse la natura di un'orgia. Sprizzavamo scintille. Venivano versati, zuccherati e sorseggiati aneddoti sull'Alta Nobiltà; ci rimpinzavamo di scandali dell'Aristocrazia generosamente imburrati.

– Avranno la stanza accanto alla sua, – disse il direttore rivolgendosi a me. – Mi chiedevo se lei mi darebbe il permesso di toglierle da sopra il letto il ritratto della Kaiserin Elisabetta per appenderlo sopra il loro divano.

– Si, davvero, qualcosa che le faccia sentire a casa, – Frau Oberregierungsrat mi dava colpetti sulla mano, – e che invece per lei non ha alcun significato.

Mi sentii un po' annientata. Non all'idea di perdere quella visione di diamanti e di un corpetto di velluto azzurro, ma dal tono, che mi metteva fuori gioco, che mi bollava come straniera.

Dissipammo la giornata in fondate congetture. Avendo deciso che faceva troppo caldo per la passeggiata pomeridiana, ci stendemmo sul letto, raccogliendo le forze per il caffè del pomeriggio. Una carrozza si fermò davanti alla porta. Ne scese una ragazza alta, che teneva per mano una bambina. Entrarono nell'atrio, furono salutate e accompagnate in camera loro. Dieci minuti dopo la donna scese con la bambina per firmare il registro degli ospiti. Indossava un abito nero aderente, rifinito al collo e ai polsi da una gala bianca. I capelli castani, intrecciati, erano fermati da un fiocco nero, era insolitamente pallida, con un piccolo neo sulla guancia sinistra.

– Sono la sorella della Baronessa Von Gall, – disse, provando la penna su un foglio di carta assorbente, sorridendoci con disapprovazione. Anche per i più derelitti fra noi, la vita tiene in serbo momenti emozionanti. Due Baronesse in due mesi! Il direttore lasciò immediatamente la stanza e andò a cercare un pennino nuovo.

Ai miei occhi plebei l'infelice bambina appariva singolarmente priva di attrattive. Aveva l'aria di esser stata perennemente lavata e candeggiata col turchinetto, e i capelli parevano di lana grigia; portava un grembiule talmente inamidato da permetterle appena di sbirciarci al di sopra delle gale, una barriera sociale in forma di grembiule, e forse era troppo aspettarsi da una zia nobile attenzioni così vili come prendersi cura delle orecchie della nipote. Ma una nipote muta dalle orecchie sporche mi colpì come qualcosa di molto deprimente.

Furono loro assegnati i posti a capotavola. Per un momento ci guardammo tutti con l'aria di chi fa la conta. Poi Frau Oberregierungsrat disse:

– Spero che non siate stanche, dopo il viaggio.

– No, – disse la sorella della Baronessa, – sorridendo nella tazza.

– Spero che la cara bambina non sia stanca, – disse Frau Doktor.

– Niente affatto.

– Mi auguro, spero, che dormirete bene stanotte, – disse reverente Herr Oberlehrer.

– Sì.

Il poeta di Monaco di Baviera non staccava mai gli occhi di dosso dalle due. Fece assorbire alla sua cravatta la maggior parte del caffè mentre le contemplava traboccante di sentimento.

«Sta togliendo il giogo a Pegaso,» pensai. Mortali spasimi delle sue *Odi alla Solitudine!* C'erano possibilità d'ispirazione in quella giovane, senza contare una dedica, e da quel momento il suo temperamento sofferente prese il suo lettuccio e camminò.[11]

Dopo il pasto si ritirarono, lasciandoci a discutere comodamente di loro.

– C'è somiglianza, – disse pensosa Frau Doktor. – Davvero. Che belle maniere ha. Tanto riserbo, un modo di fare così

---

[11] «Alzati, prendi il tuo lettuccio e cammina» (Dal Vangelo di Marco, *Mc* 2, 8-11), citazione della guarigione del paralitico di Cafarnao.

tenero con la bambina.

– Peccato che debba occuparsi della bambina, – esclamò lo studente di Bonn. Finora per farsi notare si era affidato a tre cicatrici e a un nastrino, ma la sorella di una Baronessa richiedeva di più.

Seguirono giorni intensi. Se fosse stata di natali meno eccelsi, non saremmo riusciti a sopportare la conversazione che era sempre su di lei, i canti in sua lode, i resoconti minuziosi dei suoi movimenti. Ma lei sopportava con grazia la nostra adorazione e noi eravamo più che contenti.

Ammise il poeta alla sua confidenza. Lui le portava i libri quando andavano a passeggio, si faceva saltare la piccola infelice sulle ginocchia – licenza poetica, questa – e una mattina portò il taccuino in salotto e ce ne diede lettura.

– La sorella della baronessa mi ha assicurato che andrà in convento, – disse. (Questo fece sobbalzare lo studente di Bonn.) – Ieri sera ho scritto questi pochi versi, affacciato alla finestra nella dolce aria notturna...

– Oh, il vostro petto *delicato!* – commentò Frau Doktor.

Lui la fissò con uno sguardo glaciale, e lei arrossì.

– Ho scritto questi versi:

> Ah, in un convento dunque te ne vuoi volare
> Così giovane e fresca, così bella?
> Balza sui prati come una gazzella:
> la tua bellezza vi potrai trovare.

Nove strofe altrettanto amabili le prescrivevano azioni altrettanto violente. Sono certa che se avesse seguito i suoi consigli non avrebbe avuto tempo di riprendere fiato, neanche passando il resto della vita in convento.

– Glie ne ho offerto una copia, – disse. – E oggi andiamo

a cercare fiori selvatici nel bosco.

Lo studente di Bonn si alzò e uscì dalla stanza. Pregai il poeta di ripetere i versi un'altra volta. Alla fine della sesta strofa vidi dalla finestra la sorella della Baronessa e il giovane dalla cicatrice sparire attraverso il cancello principale, il che mi indusse a ringraziare il poeta con tale delizia che si offrì di farmene una copia.

Ma in quei giorni vivevamo a una tensione troppo alta. Oscillando dalla nostra umile pensione alle alte mura dei palazzi, come potevamo non cadere? Un pomeriggio sul tardi, Frau Doktor mi piombò addosso in sala di scrittura e mi aprì il suo animo.

– Mi ha parlato della sua vita, – mormorò Frau Doktor. – È venuta in camera mia e si è offerta di massaggiarmi il braccio. Lo sa, soffro di reumatismi in modo atroce. E, pensi un po', ha già avuto sei proposte di matrimonio. Offerte splendide, le assicuro che ho pianto, e tutte da parte di nobili. Mia cara, la più bella avvenne nel bosco. Non che io non pensi che una proposta simile dovrebbe esser fatta in salotto, trovarsi fra quattro mura è più conveniente, ma quello era un bosco privato. Lui, un giovane ufficiale, disse che lei sembrava un giovane albero i cui rami non fossero mai stati toccati dalla mano brutale dell'uomo. Che delicatezza! – Sospirò e alzò gli occhi al cielo.

– Naturalmente per voi inglesi è difficile da capire, visto che mettete sempre in bella mostra le gambe sui campi di cricket, e allevate i cani nel giardino dietro casa. Che tristezza! La gioventù dovrebbe essere come una rosa di macchia. Per quel che mi riguarda, non capisco proprio come facciano le vostre donne a sposarsi.

Scosse il capo con tale veemenza che anch'io scossi il mio, e il cuore mi si velò di malinconia. Pareva che ce la passassimo davvero male. Lo spirito romantico stendeva dunque le sue ali rosee solo sull'aristocratica Germania?

Andai in camera mia, mi avvolsi un foulard rosa intorno alla testa, e portai in giardino un volume delle liriche di Mörike. Dietro al padiglione cresceva un gran cespuglio di lillà violetto. Mi sedetti lì, trovando un senso triste a quel delicato accenno di mezzo lutto. Cominciai a scrivere una poesia anch'io:

> Ondeggiano trasognati e languidi,
> e noi, pressati stretti, ci baciamo lì.

Finita! *pressati stretti* non suonava per nulla affascinante. Sapeva di armadi a muro. La mia rosa canina si trascinava già nella polvere? Masticai una foglia e mi abbracciai le ginocchia. Poi, momento magico, sentii delle voci che provenivano dal padiglione, la sorella della Baronessa e lo studente di Bonn.

Di seconda mano era meglio di niente; drizzai le orecchie.

– Che manine ha, – diceva lo studente di Bonn. – Sembrano gigli bianchi nel laghetto del suo vestito nero. – Questo sì che suonava bene! M'interessava la sua risposta di nobildonna. Solo un mormorio di consenso.

– Posso stringerne una?

Sentii due sospiri, supposi che si tenessero le mani, e lui aveva rapito un nobile bocciolo a quelle acque oscure.

– Guardi le mie dita, come sono grosse vicino alle sue.

– Ma sono molto ben curate, – disse la sorella della Baronessa timidamente.

La civetta! Allora l'amore era questione di manicure?

– Come adorerei baciarla, – mormorò lo studente.

– Ma lei sa che soffro di un grave catarro nasale, e non voglio correre il rischio d'attaccarglielo. La notte scorsa ho contato sedici starnuti. E tre fazzoletti diversi.

Gettai Mörike nel cespuglio di lillà e rientrai. Una grossa automobile sbuffava davanti al portone centrale. Grande agitazione in sala. La Baronessa aveva fatto un'improvvisata alla figlioletta. Avvolta in uno spolverino giallo, stava in piedi in mezzo alla sala e interrogava il direttore. E tutti gli ospiti della pensione le stavano intorno, perfino Frau Doktor, che apparentemente consultava un orario, il più vicino possibile alle auguste gonne.

– Ma dov'è la mia cameriera? – chiese la Baronessa.

– Non c'era nessuna cameriera, – rispose il direttore, – oltre alla sua graziosa sorella e a sua figlia.

– Sorella! – esclamò seccamente. – Sciocco, io non ho sorelle. La mia bambina viaggiava con la figlia della mia sarta.

Tableau grandissimo![12]

---

12 *Tableau grandissimo*: Che effettone!

FRAU FISCHER

Frau Fischer era la fortunata proprietaria di una fabbrica di candele in una qualche località sulle rive dell'Eger, e una volta all'anno interrompeva le sue fatiche per fare una «cura» a Dorschausen, arrivando con la cesta dei vestiti accuratamente coperta d'incerata nera e un *nécessaire*. Quest'ultimo conteneva, in mezzo ai fazzoletti, dell'acqua di Colonia, dei stuzzicadenti e a una certa sciarpa di lana molto confortevole per il *Magen*, e poi qualche campione della sua abilità nel fabbricare candele, da offrire come pegno di gratitudine alla fine delle vacanze.

Alle quattro di un pomeriggio di luglio comparve alla Pensione Müller. Io ero seduta sotto la pergola, e la vidi salire affaccendata per il sentiero, seguita da un facchino con un barbone rossastro, che portava tra le braccia la sua cesta dei vestiti e un girasole tra i denti. La vedova e le sue cinque figlie innocenti erano artisticamente raggruppate sui gradini in appropriati atteggiamenti di benvenuto; e i saluti furono così lunghi e chiassosi che mi sentii coinvolta.

– Che viaggio! – esclamò Frau Fischer. – E non c'era niente da mangiare in treno, niente di solido almeno. Vi assicuro che le pareti dello stomaco mi sballottano fra loro. Ma non devo rovinarmi l'appetito per il pranzo, prenderò solo una tazza di caffè in camera mia. Bertha, – disse rivolgendosi alla più giovane delle cinque, – com'è cambiata! Ma che bel personale! Frau Hartmann, mi congratulo con lei.

La Vedova tornò a prendere le mani di Frau Fischer tra le

sue. – Anche Kathi è una splendida ragazza; un po' pallida, però. Forse il giovane di Norimberga tornerà anche quest'anno. Come riesca a tenersele tutte, non lo so. Ogni anno che vengo mi aspetto di trovarla col nido vuoto. È soprendente.

Frau Hartmann, con aria vergognosa di scusa: – Siamo una famiglia così felice da quando è morto il mio caro marito.

– Ma questi matrimoni... bisogna farsi coraggio; e dopo tutto, basta dargli tempo, e rendono la famiglia felice più numerosa; grazie a Dio... C'è molta gente qui, al momento?

– Siamo al completo.

Seguì una descrizione minuziosa nell'atrio, sussurrata sulle scale, continuata a sei voci mentre entravano nella grande camera (con finestre sul giardino) che Frau Fischer occupava tutti gli anni. Io stavo leggendo *I miracoli di Lourdes*, che un prete cattolico, puntando un occhio torvo sulla mia anima, mi aveva pregato di sorbirmi; ma i suoi prodigi furono completamente annientati dall'arrivo di Frau Fischer. Nemmeno le rose bianche sui piedi della Vergine potevano fiorire in quell'atmosfera.

«... Era una semplice pastorella che pascolava le greggi sui campi brulli...»

Voci dalla stanza di sopra: – Il lavabo, naturalmente, è stato strofinato con la soda.

«... Poverissima, con le membra a malapena coperte di stracci...»

– Ogni mobile è stato esposto al sole in giardino per tre giorni. E il tappeto lo abbiamo fatto da noi, con dei vestiti vecchi. C'è anche un pezzo di quella stupenda sottoveste di flanella che lei ci lasciò l'estate scorsa.

«La bambina era sordomuta; in effetti, la gente la considerava mezza idiota...»

– Sì, è un nuovo ritratto del Kaiser. Quello col Gesù Cristo coronato di spine l'abbiamo portato in corridoio. Non era allegro dormirci. Cara Frau Fischer, non vorrebbe prendere il caffè in giardino?

– È una splendida idea. Ma prima devo togliermi il busto e gli stivaletti. Ah, che sollievo rimettersi i sandali. Quest'anno ho un bisogno tremendo della «cura». Sono un fascio di nervi. Per tutto il viaggio sono stata seduta col fazzoletto sulla testa, anche quando il controllore guardava i biglietti. Esausta!

Venne sotto la pergola in vestaglia nera a pois bianchi e un berretto di calicò con la visiera di copale, seguita da Kathi che portava i piccoli bricchi azzurri di caffè al malto. Fummo presentate ufficialmente. Frau Fischer si sedette, tirò fuori un fazzoletto perfettamente pulito e lustrò tazza e piattino, poi alzò il coperchio della caffetteria e ne sbirciò tristemente il contenuto.

– Caffè al malto, – disse. – Ah, i primi giorni mi chiedo come fare a sopportarlo. Naturalmente, quando si è lontani da casa ci si devono aspettare molte scomodità e cibi strani. Ma, come dicevo sempre al mio caro marito: con un lenzuolo pulito e una buona tazza di caffè, so trovare la felicità dappertutto. Ma ora, coi nervi in questo stato, nessun sacrificio è troppo terribile. Lei di che disturbi soffre? Ha l'aria estremamente sana!

Sorrisi e scrollai le spalle.

– Ah, in questo siete così strani, voi inglesi. Pare che non vi piaccia parlare delle funzioni corporali. Tanto vale parlare di un treno e rifiutarsi di nominare la locomotiva. Come si può sperare di capire qualcuno, se non si sa nulla del suo stomaco? Durante la più grave malattia di mio marito, gli impiastri...

Tuffò una zolletta di zucchero nel caffè e la guardò sciogliersi.

– Eppure un mio giovane amico che è andato in Inghilterra per il funerale di suo fratello mi ha detto che al ristorante le donne indossano dei corpetti tali che nessun cameriere può fare a meno di guardarci dentro mentre serve la minestra.

– Ma solo i camerieri tedeschi, – dissi io. – Quelli inglesi guardano sopra la testa.

– Ecco, – esclamò, – lo vede come dipendete dalla Germania? Non avete neanche un bravo cameriere dei vostri.

– Ma io preferisco che mi guardino sopra la testa.

– E questo dimostra che deve vergognarsi del suo corpetto.

Guardai il giardino pieno di violacciocche e di rose a cespuglio che crescevano impettite come bouquet tedeschi, sentendo che non m'importava nulla che la cosa stesse in un modo o nell'altro. Piuttosto avevo voglia di chiederle se il suo giovane amico fosse andato in Inghilterra in veste di cameriere per occuparsi degli arrosti da servire al funerale, ma decisi che non ne valeva la pena. Faceva troppo caldo per essere maligni, e come si poteva mancare di carità, se si era vittime delle sballottanti sensazioni che Frau Fischer doveva sopportare fino alle sei e mezza? Come dono del cielo, in premio della mia sopportazione venne verso di noi lungo il sentiero Herr Rat, angelicamente vestito di seta bianca. Lui e Frau Fischer erano vecchi amici. Lei raccolse le pieghe della gonna e gli fece posto sulla panchinetta verde.

– Che aspetto fresco che ha, – disse; – e, se posso permettermi un'osservazione, che bel vestito!

– Possibile che non l'abbia messo l'estate scorsa, quando era qui? Ho portato la seta dalla Cina, l'ho fatta passare fra le maglie della dogana russa avvolgendomela intorno al corpo. E quanta: due tagli di seta per mia cognata, tre per me, un mantello per la governante del mio appartamento di Monaco di Baviera. Che sudata feci! Dopo si è dovuto lavarla da cima a fondo.

– Certo che lei ha avuto più avventure di qualsiasi altro uomo in Germania. Quando penso al periodo che ha passato in Turchia, con una guida ubriaca che fu morsa da un cane idrofobo e cadde giù da un precipizio in un campo di essenza di rose, rimpiango che non abbia scritto un libro.

– Dia tempo al tempo. Sto raccogliendo degli appunti. E ora che lei è qui, riprenderemo le nostre chiacchieratine tranquille dopo cena. No? Di tanto in tanto, per un uomo, la compagnia delle signore è una distensione necessaria, piacevole.

– Sì, me ne rendo conto. Anche qui la sua vita è troppo faticosa - lei è così ricercato, così ammirato. Anche per il mio caro marito era la stessa cosa. Era alto, bello, e qualche volta la sera scendeva in cucina e diceva: «Moglie, vorrei essere stupido per due minuti». Allora nulla lo distendeva quanto le mie carezze sulla testa.

La zucca pelata di Herr Rat, che brillava al sole, pareva il simbolo della triste assenza di una moglie.

Cominciai a farmi domande sulla natura di quelle tranquille chiacchieratine del dopocena. Come si poteva far la parte di Dalila con un Sansone così calvo?

– Ieri è arrivato Herr Hoffmann da Berlino, – disse Herr Rat.

– Con quel giovanotto mi rifiuto di conversare. L'anno scorso mi ha detto di essere stato in Francia, in un albergo dove non c'erano tovaglioli; che posto doveva essere! In Austria, i tovaglioli ce li hanno anche i cocchieri. Ho anche saputo che discuteva di "amore libero" con Bertha mentre lei gli spazzava la camera. Non sono abituata a simili compagnie. Da molto tempo nutrivo sospetti sul suo conto.

– Sangue giovane, – rispose benevolmente Herr Rat. –

Ho avuto diverse discussioni con lui, lei le ha sentite, non è vero? – disse rivolgendosi a me.

– Moltissime, – risposi sorridendo.

– Senza dubbio anche lei mi considera indietro coi tempi. Non faccio mistero della mia età; ho sessantanove anni; ma certo lei deve aver osservato che gli era impossibile aprire bocca quando io alzavo la voce.

Confermai con la massima convinzione e cogliendo un'occhiata di Frau Fischer, mi resi conto all'improvviso che avrei fatto meglio a rientrare e scrivere qualche lettera.

La mia camera era buia e fresca. Un castagno allungava i rami verdi contro la finestra. Guardai il divano di crine, che respingeva apertamente come immorale l'idea di accoccolarcisi sopra, misi il cuscino rosso per terra e mi distesi. Mi ero appena messa comoda che la porta si aprì ed entrò Frau Fischer.

– Herr Rat aveva un appuntamento ai bagni, – disse, chiudendosi la porta alle spalle. – Posso entrare? Non si muova, la prego. Sembra un gattino persiano. Ora mi dica qualcosa di veramente interessante sulla sua vita. Quando incontro gente nuova la strizzo come una spugna. Tanto per cominciare, è sposata.

Lo ammisi.

– Allora, bambina cara, dov'è suo marito?

Dissi che era un capitano di marina impegnato in un viaggio lungo e periglioso.

– Ma lasciarla in una situazione simile, così giovane e indifesa.

Sedette sul divano e scosse scherzosamente un dito verso di me.

– Su, confessi che gli tiene segreti i suoi viaggi. Perché quale uomo permetterebbe mai a una donna con una simile capigliatura di andare in giro in terre straniere? Ora, supponiamo che lei perda la borsa a mezzanotte, su un treno bloccato dalla neve nel nord della Russia?

– Ma non ho la minima intenzione... – cominciai.

– Non dico che ce l'abbia. Ma quando ha detto addio al suo caro marito, sono certa che non aveva la minima intenzione di venire qui. Mia cara, sono una donna esperta, e conosco il mondo. Mentre lui è via, lei ha la febbre nel sangue. Il suo cuore triste fugge a cercare conforto in queste terre straniere. A casa non sopporta la vista di quel letto vuoto, è come la vedovanza. Da quando è morto il mio caro marito non ho avuto un'ora di pace.

– Mi piacciono i letti vuoti, – protestai assonnata, dando un pugno al cuscino.

– Non può essere vero, perché non è naturale. Ogni moglie deve sentire che il suo posto è al fianco del marito, nel sonno o nella veglia. È evidente che quel nodo, il più forte di tutti, non la lega ancora. Aspetti che lui entri in porto e la veda col bambino al petto.

Mi alzai a sedere, irrigidita.

– Ma io considero il far figli la più ignominiosa di tutte le professioni, – dissi.

Per un attimo ci fu silenzio. Poi Frau Fischer abbassò il braccio e mi prese la mano.

– Così giovane, e dover soffrire tanto crudelmente, – mormorò. – Non c'è nulla che inacidisca così terribilmente una donna quanto l'esser lasciata sola senza un uomo, specialmente se è sposata, perché allora le è impossibile accettare le attenzioni degli altri, a meno che, per sfortuna, non sia vedova. Naturalmente, so che i capitani di marina vanno soggetti a tentazioni terribili, e sono infiammabili come i tenori, ecco perché le deve presentare un aspetto vivace ed energico, e sforzarsi di renderlo fiero di lei quando la sua nave entra in porto.

Questo marito che avevo creato a beneficio di Frau Fischer divenne in mano sua una figura così corposa, che non riuscivo più a vedermi seduta su uno scoglio con le alghe tra i capelli, in attesa di quella nave fantasma a cui ogni donna ama supporre di anelare. Mi vedevo invece spingere una carrozzina sulla passerella, e contare i bottoni mancanti sulla giacca della divisa di mio marito.

– Nugoli di bambini, ecco di che cosa ha davvero bisogno, – meditò Frau Fischer. – Allora, come padre di famiglia, lui non potrà lasciarla. Pensi alla sua gioia e al suo entusiasmo nel vederla!

Il progetto mi sembrava piuttosto rischioso. Apparire d'improvviso con nugoli di bambini ignoti non è generalmente ritenuto l'ideale per accendere l'entusiasmo nel cuore del marito inglese medio. Decisi di far naufragare il mio parto verginale e di farlo colare a picco nella zona di Capo Horn.

Ecco suonare il gong del pranzo.

– Salga in camera mia dopo, – disse Frau Fischer. – Ho ancora molte domande da farle.

Mi strinse la mano, ma io non ricambiai.

FRAU BRECHENMACHER
VA A UN MATRIMONIO

Prepararsi fu qualcosa di terribile. Dopo cena Frau Brechenmacher infilò a letto quattro dei cinque figli, permettendo a Rosa di rimanere con lei per aiutarla a lustrare i bottoni dell'uniforme di Herr Brechenmacher. Poi dette una passata di ferro caldo alla sua camicia migliore, gli lustrò gli stivali e dette un paio di punti al suo papillon di raso nero.

– Rosa, – disse, – va' a prendere il mio vestito e appendilo davanti alla stufa per togliergli le grinze. Bada ora, devi occuparti dei bambini e non restare alzata oltre le otto e mezza, e non toccare la lampada, se no lo sai cosa succede.

– Sì, Mamma,[13] – disse Rosa, che aveva nove anni e si sentiva abbastanza grande da maneggiare mille lampade. – Ma fammi stare alzata, il «*Bub*»[14] può svegliarsi e aver voglia di un po' di latte.

– Le otto e mezza! – disse la Frau. – Te lo farò dire anche da papà.

Rosa piegò in giù gli angoli della bocca.

– Ma... ma...

– Ecco papà. Va' in camera da letto a prendermi il foulard di seta azzurra. Tu puoi metterti il mio scialle nero mentre sono fuori, va' subito!

Rosa lo tirò giù dalle spalle della madre e se lo avvolse con

---

[13] In italiano nel testo originale.
[14] *Bub*: bebé.

cura intorno alle proprie, legandone i capi con un nodo sulla schiena. Almeno, rifletté, se doveva andare a letto alle otto e mezza avrebbe tenuto addosso lo scialle. Decisione che la confortò totalmente.

– E allora, dove sono i miei vestiti? – gridò Herr Brechenmacher, attaccando dietro la porta la borsa vuota della posta e battendo i piedi per scrollarsi la neve dagli stivali. – Niente di pronto, naturalmente, e a quest'ora tutti saranno già al matrimonio. Mentre passavo ho sentito la musica. Che fai? Non sei vestita. Non puoi andarci così.

– Eccoli qui, tutti pronti per te sul tavolo, e nella catinella c'è dell'acqua calda. Tuffaci la testa. Rosa, dài l'asciugamano a tuo padre. È tutto pronto, tranne i pantaloni. Non ho avuto il tempo di accorciarli. Devi tenerli infilati negli stivali finché saremo arrivati.

– Bah, – disse lo Herr, – non c'è spazio per rigirarsi. Ho bisogno di luce. Va' a vestirti in corridoio.

Vestirsi al buio non era un problema per Frau Brechenmacher. Si agganciò la gonna e il corpetto, si annodò il foulard intorno al collo fermandolo con una bella spilla da cui pendevano quattro medaglie della Vergine, e poi si mise mantello e cappuccio.

– Ehi, vieni a chiudermi questa fibbia, – chiamò Herr Brechenmacher. Era in cucina che si pavoneggiava, coi bottoni dell'uniforme azzurra che splendevano con un entusiasmo quale solo i bottoni di un funzionario potevano fare. – Come sto?

– Bellissimo, – rispose la piccola Frau, tirando la fibbia della cintura e dandogli una tiratina qui, un colpettino là. – Rosa, vieni a vedere tuo padre.

Herr Brechenmacher misurò la cucina a gran passi; lo aiutarono a infilarsi il cappotto, quindi aspettò finché la Frau non ebbe acceso la lanterna.

– Adesso, finalmente pronti! Andiamo.

– La lampada, Rosa, – ammonì Frau Brechenmacher sbattendosi la porta d'ingresso alle spalle.

Per tutto il giorno non era caduta neve; il terreno gelato era sdrucciolevole come il ghiaccio di uno stagno. Erano settimane che la signora non usciva di casa, e quella giornata l'aveva così stressata che si sentiva confusa e frastornata, era come se Rosa l'avesse cacciata di casa e suo marito stesse scappando via.

– Aspetta, aspetta! – gridò.

– No, mi si bagnano i piedi, spicciati tu.

Le cose migliorarono quando giunsero al villaggio. C'erano steccati a cui aggrapparsi, e dalla stazione ferroviaria alla *Gasthaus*[15] un sentiero era stato cosparso di cenere ad uso degli invitati al matrimonio.

La *Gasthaus* era tutta in festa. Ad ogni finestra splendevano luci, dai davanzali pendevano ghirlande di rametti d'abete. Rami decoravano le porte d'ingresso, spalancate, e nell'atrio l'albergatore dava fiato alla sua superiorità bistrattando le cameriere che correvano senza sosta qua e là con boccali di birra, vassoi di tazze e piattini, e bottiglie di vino.

– Di sopra, di sopra! – tuonava l'albergatore. – Lasciate i cappotti sul pianerottolo.

Herr Brechenmacher, sopraffatto da quel tono d'importanza, dimenticò i suoi diritti di marito tanto da chiedere scusa alla moglie per averla spinta contro la ringhiera nello sforzo di superare tutti gli altri.

I colleghi di Herr Brechenmacher lo accolsero con ac-

---

15 *Gasthaus*: locanda.

clamazioni appena varcò la soglia della *Festsaal*,[16] e la Frau si raddrizzò la spilla e intrecciò le mani, assumendo l'aria dignitosa confacente a una moglie di postino e madre di cinque figli. Era proprio bella *Festsaal*. Tre lunghi tavoli erano uniti a un'estremità, mentre il resto del pavimento era tenuto sgombro per le danze. Le lampade a petrolio, appese al soffitto, diffondevano una luce calda e brillante sui muri decorati con fiori di carta e ghirlande; e una luce più calda e viva si spandeva sulle facce rosse degli ospiti vestiti con gli abiti migliori.

A capo della tavola centrale sedevano la sposa e lo sposo: lei con il vestito bianco guarnito di balze e fiocchi di nastro colorato, che le davano l'aspetto di una torta gelato pronta per essere tagliata a belle fettine e servita allo sposo che le stava di fianco, vestito di un completo bianco decisamente troppo grande, con una cravatta di seta bianca che gli sormontava a metà il colletto. Raggruppati intorno a loro, con scrupoloso rispetto per le gerarchie e le precedenze, sedevano i genitori e i parenti; e, appollaiata su uno sgabello a destra della sposa, una bambina vestita di mussola gualcita, con una coroncina di nontiscordardimé che le pendeva sopra un orecchio. Tutti ridevano e chiacchieravano, si stringevano le mani, facevano tintinnare i bicchieri e pestavano i piedi, un puzzo di birra e sudore riempiva l'aria.

Mentre seguiva suo marito attraverso la sala dopo aver salutato gli sposi, Frau Brechenmacher capì che si sarebbe divertita. Sembrò arrotondarsi e farsi rosea e calda mentre annusava quell'odore familiare di festa. Qualcuno le tirò la gonna e lei, abbassando gli occhi, vide Frau Rupp, la moglie del macellaio, che spostava una sedia vuota e la pregava di sedersi accanto a lei.

---

[16] *Festsaal*: sala da ballo.

– Fritz ti porterà della birra, – disse. – Cara, hai la gonna aperta sul didietro. Non abbiamo potuto fare a meno di ridere mentre attraversavi la sala col nastro bianco del corsetto bene in vista!

– Ma che orrore! – disse Frau Brechenmacher, crollando sulla sedia e mordendosi il labbro.

– Be', ormai è andata, – disse Frau Rupp, stendendo sul tavolo le mani grasse e osservando con intenso piacere i suoi tre anelli da lutto; – però bisogna stare attenti, soprattutto a un matrimonio.

– E a un matrimonio come questo poi, – esclamò Frau Ledermann, seduta di fronte a Frau Brechenmacher. – Ma che pensata ha avuto Theresa di portare con sé quella bambina. È figlia sua, sai cara, e andrà a vivere con loro. Io lo chiamo un peccato contro la Chiesa, che una figlia naturale sia presente al matrimonio della madre.

Le tre donne sedute fissavano la sposa, che restava immobile, con un sorrisetto vacuo sulle labbra, muovendo qua e là solo gli occhi imbarazzati.

– Anche la birra, le hanno dato, – sussurrò Frau Rupp, – e vino bianco, e un gelato. Lo stomaco sano non l'ha mai avuto; avrebbe dovuto lasciarla a casa.

Frau Brechenmacher si voltò a guardare la madre della sposa. Non distoglieva mai lo sguardo dalla figlia, ma aggrottava la fronte scura come una vecchia scimmia, annuendo solennemente ogni tanto. Alzando il boccale di birra le tremavano le mani, e dopo aver bevuto sputava sul pavimento e si asciugava rozzamente la bocca con la manica. Poi cominciò la musica e lei seguì Theresa con lo sgaurdo, guardando con sospetto ogni uomo che ballava con lei.

– Allegra, vecchia, – gridò il marito, puntandole un dito nelle costole: – non è mica il funerale di Theresa. – Poi strizzò l'occhio agli ospiti, che scoppiarono in una fragorosa risata.

– Io *sono* allegra, – borbottò la vecchia, e batté il pugno sul tavolo a tempo di musica, per dimostrare di non essere estranea ai festeggiamenti.

– Non può dimenticare com'è stata avventata Theresa, – disse Frau Ledermann.

– E chi ci riuscirebbe, con la bambina qui? Ho sentito dire che domenica scorsa, la sera, Theresa ha avuto una crisi isterica, e diceva che non voleva sposare quest'uomo. Hanno dovuto chiamarle il prete.

– Dov'è l'altro? – chiese Frau Brechenmacher. – Perché non l'ha sposata?

La donna si strinse nelle spalle.

– Partito, scomparso. Era un commesso viaggiatore, e si è fermato a casa loro solo due notti. Vendeva bottoni per camicie, ne ho comprati un po' anch'io, ed erano bottoni magnifici, ma che razza di porco! Non riesco ad immaginare cosa ci abbia visto in una ragazza così insignificante..., ma non si può mai sapere. Sua madre dice che ha il l'argento vivo addosso da quando aveva sedici anni!

Frau Brechenmacher abbassò gli occhi sulla sua birra e soffiando formò un buchino nella schiuma.

– Non è così che dovrebbe essere un matrimonio, – disse; – è contro la religione amare due uomini.

– Con questo qui se la passerà proprio bene, – esclamò Frau Rupp. – L'estate scorsa era a pensione da me e me ne son dovuta sbarazzare. In due mesi non si è cambiato d'abito nemmeno una volta, e quando gli ho parlato dell'odore che c'era in camera sua mi ha detto di esser sicuro che venisse su dal negozio. Ah, ogni moglie ha la sua croce. Non è vero, cara?

Frau Brechenmacher vide il marito fra i colleghi, al tavolo

vicino. Stava bevendo davvero troppo, lo sapeva, gesticolava scomposto, e mentre parlava la saliva gli schizzava dalla bocca.

– Sì, – convenne, – è vero. Le ragazze hanno parecchio da imparare.

Incastrata fra quelle due vecchie grassone, la Frau non aveva speranza che la invitassero a ballare. Osservava le coppie che giravano volteggiando incessanti; dimenticò i cinque bambini e il marito e si risentì quasi ragazza. La musica risuonava triste e dolce. Le mani irruvidite le si congiungevano e si disgiungevano fra le pieghe della gonna. Mentre la musica seguitava, aveva paura di guardare la gente in faccia, e sorrideva con un piccolo tremito nervoso intorno alla bocca.

– Ma, Dio mio, – esclamò Frau Rupp, – hanno dato un pezzo di salsiccia alla bambina di Theresa. È per farla star buona. Ora ci sarà una presentazione..., tocca a tuo marito parlare.

Frau Brechenmacher irrigidì la schiena. La musica cessò, e i ballerini ripresero posto ai tavoli.

Solo Herr Brechenmacher rimase in piedi, teneva in mano una grande caffettiera d'argento. Tutti, tranne sua moglie, risero al suo discorso; tutti si smascellarono alle sue smorfie, e per il modo in cui portò la caffettiera agli sposi, come se tenesse in braccio un bambino.

La sposa alzò il coperchio, sbirciò dentro, poi lo richiuse con un gridolino e si sedette mordendosi le labbra. Lo sposo le strappò la caffettiera dalle mani e ne estrasse un poppatoio e due bamboline di porcellana nelle culle. Mentre faceva dondolare quei tesori davanti a Theresa, la sala surriscaldata parve alzarsi e ondeggiare dalle risate.

Frau Brechenmacher non lo trovò affatto divertente. Fissò intorno le facce che ridevano, e d'un tratto tutti le parvero degli estranei. Voleva andare a casa e non uscirne mai più.

S'immaginò che tutta quella gente ridesse di lei, persino più gente di quanta ce ne fosse nel locale, tutti ridevano perché erano tanto più forti di lei.

***

Tornarono a casa in silenzio. Herr Brechenmacher camminava a grandi passi davanti; la moglie gli arrancava dietro. Bianca e desolata si stendeva la strada dalla stazione ferroviaria a casa loro, una folata di vento freddo le scostò il cappuccio dal viso, e d'un tratto si ricordò di com'erano venuti a casa insieme, la prima notte di nozze. Ora avevano cinque bambini e il doppio del denaro; *ma...*

– Bah, a che serve tutto questo? – borbottò, e finché non fu arrivata a casa e non ebbe preparato una cenetta di carne e pane per il marito, non smise di rivolgersi quella stupida domanda.

Herr Brechenmacher spezzò il pane nel piatto, lo intinse tutt'intorno girandolo con la forchetta e masticò avidamente.

– Buono? – chiese lei, appoggiando le braccia sul tavolo e appoggiandovi sopra il petto.

– Eccome!

Prese un pezzo di mollica, lo strofinò intorno all'orlo del piatto e lo alzò verso la bocca di lei. Lei scosse il capo.

– Non ho fame, – disse.

– Ma è uno dei bocconi migliori, pieno di grasso.

Ripulì il piatto; poi si sfilò gli stivali e li gettò in un angolo.

– Non è stato un granché come matrimonio, – disse, stirando i piedi e girando le dita nei calzini di lana pettinata.

– N-no –, rispose lei, raccogliendo gli stivali abbandonati e mettendoli sulla stufa ad asciugare.

Herr Brechenmacher sbadigliò e si stirò, poi la guardò sogghignando. – Ti ricordi la notte in cui siamo venuti a casa? Eri un'innocentina, tu.

– Ma va'! È tanto, me lo son dimenticato. – Se lo ricordava bene.

– Mi hai dato quella sberla sull'orecchio... Ma ho fatto presto ad insegnarti.

– Oh, non cominciare a chiacchierare. Sei troppo pieno di birra. Vieni a letto.

Lui inclinò la sedia all'indietro, ridacchiando.

– Non è quel che mi hai detto quella notte. Dio, quante storie mi hai fatto!

Ma la piccola Frau afferrò la candela e andò nella camera accanto. I bambini dormivano tutti profondamente. Scoprì il materasso del piccino per vedere se era ancora asciutto, poi cominciò a sbottonarsi la camicetta e la gonna.

– Sempre lo stesso, – disse, – sempre, in tutto il mondo; ma, Dio del cielo, com'è *stupido*.

Poi anche il ricordo del matrimonio svanì. Si sdraiò sul letto e mise il braccio di traverso al viso come un bambino che aspetta le botte mentre Herr Brechenmacher entrava barcollando.

L'ANIMA MODERNA

Buonasera, – disse Herr Professor, stringendomi la mano; – tempo magnifico! Sono appena tornato da una festa nel bosco. Ho fatto un po' di musica col mio trombone. Sa, questi pini forniscono l'accompagnamento più adatto per il trombone! Sono la delicatezza di un sospiro che si contrappone ad uno sforzo sostenuto, come osservai una volta a Francoforte in una conferenza sugli strumenti a fiato. Posso avere il permesso di sedermi vicino a lei su questa panchina, *gnädige Frau*?

Sedette, estraendo a fatica un sacchetto di carta bianca dalla tasca posteriore della giacca.

– Ciliegie, – disse, annuendo e sorridendo. – Non c'è niente come le ciliegie per attivare la salivazione dopo aver suonato il trombone, specialmente dopo *Ich liebe Dich* di Grieg.[17] Quelle note tenute su *liebe*[18] mi riducono la gola secca come una galleria ferroviaria. Ne vuole? – Mi agitò il sacchetto davanti.

– Preferisco guardarla mentre mangia.

– Ah, ah! – Incrociò le gambe infilandosi il cartoccio delle ciliegie fra le ginocchia, per lasciar libere le mani. – Psicologicamente capisco il suo rifiuto. È la sua innata delicatezza femminile a farle preferire sensazioni eteree... O forse non le piace mangiare i vermi. Tutte le ciliegie contengono vermi. Una volta, all'università, feci un esperimento molto interessante con un mio collega. Mordemmo due chili delle migliori

---

[17] *Ich liebe dich* di Edvard Grieg (1843-1907), su testo originale danese di Hans Christian Andersen (1805-1875).

[18] *liebe*: amore. (*Ich liebe dich*: ti amo.)

ciliegie e non trovammo un esemplare senza verme. Ma che vuole? Come gli feci osservare dopo: caro amico, le cose stanno così; se si vogliono soddisfare i desideri della natura bisogna anche essere abbastanza forti da ignorare i fatti della natura... La conversazione non è troppo profonda per lei? Ho così di rado il tempo e l'occasione di aprire il cuore a una donna, che mi succede di dimenticarmene.

Gli lanciai uno sguardo acuto.

– Osservi com'è polposa questa! – esclamò Herr Professor. – Riempie quasi la bocca da sola; è così bella da poter essere appesa alla catena dell'orologio. – La masticò e sputò il nocciolo a una distanza incredibile, al di là del vialetto del giardino, nell'aiuola fiorita. Era fiero di quella prodezza. Lo vedevo. – Quanta frutta ho mangiato su questa panchina, – sospirò; – albicocche, pesche e ciliegie. Un giorno quell'aiuola diventerà un frutteto, e io le permetterò di cogliere tutto quel che vorrà, senza pagare un centesimo.

Gli fui grata, senza mostrare indebita emozione.

– Il che mi ricorda, – si colpì con un dito un lato del naso, – che stasera dopo cena il direttore della pensione mi ha dato il mio conto settimanale. È quasi inconcepibile. Lei non mi crederà, mi ha fatto pagare a parte quel misero bicchierino di latte che bevo a letto la sera per evitare l'insonnia. Naturalmente, non ho pagato. Ma la tragedia è questa: non posso più aspettarmi che il latte mi produca sonnolenza; la mia predisposizione pacifica nei suoi riguardi è completamente distrutta. So che mi farò venire la febbre nello sforzo di scandagliare una simile mancanza di generosità da parte di un uomo ricco come il direttore della pensione. Pensi a me, stanotte, – schiacciò sotto il tacco il sacchetto vuoto, – pensi che mi sta accadendo di peggio mentre la sua testa riposa sul cuscino.

Due signore uscirono e rimasero ferme sottobraccio sui

gradini della pensione, guardando in giardino. Una, vecchia e ossuta, vestita quasi interamente di ricami di perline nere, con una borsetta di raso a rete; l'altra, giovane e esile, in bianco, i capelli giallognoli ornati elegantemente di piselli odorosi color malva.

Il professore ritirò i piedi e si raddrizzò bruscamente, stirandosi il panciotto.

– Le Godowska, – mormorò. – Le conosce? Madre e figlia, di Vienna. La madre non sta molto bene e la figlia è attrice. Fräulein Sonia è un'anima molto moderna. Credo che la troverebbe simpaticissima. Attualmente è costretta a prendersi cura della madre. Ma che temperamento! Una volta, nel suo album degli autografi, l'ho definita una tigre con un fiore tra i capelli. Permette? Forse posso convincerle a farsi presentare a lei.

– Salgo in camera, – dissi. Ma il professore si alzò ed agitò scherzosamente un dito verso di me. – Be', – disse, – siamo amici, e quindi le parlerò proprio francamente. Credo che lo considererebbero un po' ostentato se al loro arrivo lei si ritirasse immediatamente dopo essere rimasta seduta qui da sola con me nel crepuscolo. Lei conosce il mondo. Sì, lo sa quanto me.

Mi strinsi nelle spalle, osservando con la coda dell'occhio che, mentre il professore parlava, le Godowska si erano avvicinate attraversando lentamente il prato. Quando furono di fronte a Herr Professor, questi si alzò in piedi.

– Buonasera, – disse con voce tremula Frau Godowska. – Tempo magnifico! Mi ha procurato un vero attacco di febbre da fieno! – Fräulein Godowska non disse nulla. Si avventò su una rosa che cresceva nel frutteto embrionale, poi, con un gesto maestoso, tese la mano a Herr Professor. Lui mi presentò.

– Questa è la mia piccola amica inglese di cui le ho parlato. È la straniera in mezzo a noi. Abbiamo mangiato insieme le ciliegie.

– Che delizia, – sospirò Frau Godowska.

– Mia figlia ed io l'abbiamo osservata spesso dalla finestra della camera. Non è vero, Sonia?

Sonia assorbì la mia forma esterna e visibile con uno sguardo interno e spirituale, poi ripetè il suo magnifico gesto in mio onore. Sedemmo tutti e quattro sulla panchina, con quell'aria vagamente eccitata che hanno i passeggeri sistemati in una vettura ferroviaria, in attesa ansiosa del fischio del treno. Frau Godowska starnutì. – Mi domando se sia febbre da fieno, – osservò frugando nervosamente nella borsetta di raso a rete per cercare il fazzoletto, – o la rugiada. Sonia cara, sta cadendo la rugiada?

Fräulein Sonia alzò il viso verso il cielo, e socchiuse gli occhi. – No, mamma, ho il viso caldissimo. Oh, guardi, Herr Professor, c'è un volo di rondini; sembra un piccolo gregge di pensieri giapponesi, *nicht wahr*?[19]

– Dove? – esclamò Herr Professor. – Oh, sì, le vedo, vicino al camino della cucina. Ma perché dice "giapponesi"? Non potrebbe paragonarle, con uguale veridicità, a un piccolo gregge di pensieri tedeschi in volo? – Si voltò verso di me. – Avete le rondini in Inghilterra?

– Credo che ce ne siano in certe stagioni. Ma senza dubbio non hanno lo stesso valore simbolico per gli inglesi. In Germania...

– Non sono mai stata in Inghilterra, – mi interruppe Fräulein Sonia, – ma ho molti conoscenti inglesi. Sono così freddi! – Rabbrividì.

---

19 *nicht wahr?*: non è vero?

– Sangue di pesce, – disse brusca Frau Godowska. – Senz'anima, senza cuore, senza grazia. Ma le loro stoffe per abiti sono ineguagliabili. Ho passato una settimana a Brighton, vent'anni fa, e il mantello da viaggio che comprai non è ancora liso, quello in cui avvolgi la boule dell'acqua calda, Sonia. Il mio compianto marito, tuo padre, Sonia, sapeva molte cose sull'Inghilterra. Ma più ne sapeva, più mi faceva notare che: «l'Inghilterra non è altro che un'isola di carne di manzo che nuota in un caldo golfo di sugo». Aveva un modo così suggestivo di esprimersi. Te lo ricordi, Sonia?

– Io non dimentico niente, *mamma*,[20] – rispose Sonia.

A cui Herr Professor aggiunse: – Questo dipende dalla sua vocazione, *gnädiges Fräulein*.[21] Adesso però mi domando, ed è una congettura molto interessante, se la memoria è una benedizione o scusate la parola, una maledizione?

Frau Godowska guardò lontano, poi le si abbassarono gli angoli della bocca e le si raggrinzì la pelle. Cominciò a spargere lacrime.

– *Ach Gott!*[22] Graziosa signora, cosa ho detto? – esclamò Herr Professor.

Sonia prese la mano della madre. – Sai, – disse, – stasera per cena ci sono carote stufate e torta di noci. Se andassimo a prendere posto? – e intanto, con la coda dell'occhio, col suo sguardo tragico, in tralice, accusava il professore e me.

Le seguii con lo sguardo attraverso il prato e su per i gradini. Frau Godowska mormorava: – Un uomo così meraviglioso, così caro; – con la mano libera Fräulein Sonia si accomodava la *garniture* di piselli odorosi.

---

20 In italiano nel testo originale.
21 *gnädiges Fräulein*: cara signorina.
22 *Ach Gott!*: O Dio!

⁂

> Un concerto a beneficio degli infanti cattolici sofferenti avrà luogo nel salone alle venti e trenta. Artisti: Fräulein Sonia Godowska di Vienna; Herr Professor Windberg e il suo trombone; Frau Oberlehrer Weidel e altri.

Questo avviso era legato al collo della malinconica testa di cervo appesa in sala da pranzo. La ornò per diversi giorni prima dell'avvenimento, come un *bavaglino* rosso e bianco, inducendo Herr Professor a inchinarvisi davanti dicendo «buon appetito», finché ci stufammo di quella sua spiritosaggine e lasciammo l'incarico di sorriderne al cameriere, che era pagato per compiacere i clienti.

Il giorno fissato, le signore sposate sciamavano per la pensione vestite come poltrone imbottite, e le nubili parevano drappeggiate di fodere di mussola per toeletta. Frau Godowska appuntò una rosa al centro della sua borsetta a rete; un altro fiore era infilato nel labirinto di pieghe di un antimacassar bianco gettato di traverso sul suo petto. I signori indossavano giacche nere, cravatte di seta bianca e rametti di felce all'occhiello che solleticavano il mento.

Il pavimento del salone era lucidato di fresco, le sedie e le panche disposte in bell'ordine, e dal soffitto pendeva una fila di bandierine, sventolavano e si agitavano per la corrente d'aria con tutto l'entusiasmo di un bucato familiare. Era stato deciso che io sedessi vicino a Frau Godowska e che Herr Professor e Sonia ci raggiungessero non appena terminata la loro parte nel concerto.

– Questo la farà sentire proprio come un'artista, – disse gioivalmente Herr Professor. – È un gran peccato che la nazione inglese sia così poco musicale. Non importa! Stasera sentirà qualcosa, abbiamo scoperto una fucina di talenti durante le prove.

– Che cosa intende recitare, Fräulein Sonia?

Lei si gettò indietro i capelli scuotendo la testa. – Non lo so mai fino all'ultimo momento. Quando avanzo sul palcoscenico aspetto un attimo, e allora ho la sensazione che qualcosa mi colpisca qui, – e appoggiò la mano sulla spilla del colletto. – e... le parole vengono!

– Chinati un momento, – mormorò sua madre. – Sonia, tesoro, dietro ti si vede la spilla da balia della gonna. Vengo fuori a fissartela per bene, o lo fai da te?

– Oh, mamma, ti prego, non dire queste cose. – Sonia arrossì, arrabbiatissima. – Lo sai quanto sono sensibile alla minima impressione sgradevole, in un momento come questo... Preferirei che la gonna mi cadesse di dosso...

– Sonia, cuor mio!

Tintinnò un campanello.

Il cameriere entrò e aprì il pianoforte. Nella surriscaldata eccitazione del momento dimenticò del tutto le convenienze e spolverò la tastiera col tovagliolo bisunto che portava sul braccio. Frau Oberlehrer salì a passettini sulla pedana, seguita da un signore giovanissimo, che si soffiò due volte il naso prima di lanciare il fazzoletto in seno al pianoforte.

> Sì, lo so ben che non hai amor per me,
> E che non hai non-ti-scordar-di-me.
> Né amor, né cuor, né non-ti-scordar-di-me,

cantò Frau Oberlehrer, con una voce che sembrava uscire dal suo negletto ditale, e non avesse nulla a che fare con lei.

– *Ach*, com'è dolce, com'è delicata, – esclamammo, applaudendola per consolarla. Si inchinò come per dire: – Sì, vero? –, e si ritirò, mentre il giovanissimo signore schivava accigliato il suo strascico.

Il piano fu richiuso, fu messa una poltrona al centro della pedana. Fräulein Sonia vi si avvicinò veleggiando. Una pausa col fiato sospeso. Poi, presumibilmente, la freccia alata le colpì la spilla sul colletto. Ci implorò di non andare nei boschi indossando abiti con lo strascico, ma piuttosto con i drappeggi più leggeri, e di coricarci con lei sugli aghi di pino. La sua voce forte, leggermente aspra, riempì il salone. Poi si lasciò cadere le braccia sullo schienale della poltrona, flettendo i polsi e muovendo le mani magre. Eravamo estasiati e silenziosi. Accanto a me Herr Professor, insolitamente serio e con gli occhi sgranati, si tirava le punte dei baffi. Frau Godowska assunse lo speciale atteggiamento distaccato della genitrice orgogliosa. L'unica anima che rimase insensibile al richiamo di lei fu il cameriere che, pigramente appoggiato alla parete del salone, si puliva le unghie con l'angolo di un programma. Era «fuori servizio» e ci teneva a dimostrarlo.

– Cosa avevo detto? – gridò Herr Professor con un applauso tumultuoso – tem-pe-ra-men-to! Eccovelo. La signorina è una fiamma nel cuore di un giglio. Sono certo che suonerò bene. Ora tocca a me. Sono ispirato Fräulein Sonia, – disse mentre la gentildonna tornava da noi, pallida e avvolta in un grande scialle, – lei è la mia ispirazione. Stasera sarà l'anima del mio trombone. Aspetti e sentirà.

Alla nostra destra e alla nostra sinistra la gente si piegava a sussurrare ammirazione giù per il collo di Fräulein Sonia. Lei si inchinò in grande stile.

– Ho sempre successo, – mi disse. – Vede, quando recito, *io sono*. A Vienna, durante i drammi di Ibsen ci hanno mandato talmente tanti mazzi di fiori che la cuoca ne aveva tre in cucina. Ma qui è difficile. C'è così poca magia. Non lo sente?

Non c'è traccia di quel misterioso profumo che sale fluttuando quasi come una cosa visibile dalle anime degli spettatori viennesi. Mi manca così tanto che il mio spirito smania, – si piegò in avanti, il mento sulla mano. – Smania, – ripetè.

Il Professore comparve col suo trombone, vi soffiò dentro, lo alzò davanti a un occhio, si tirò su i polsini della camicia e si crogiolò nell'anima di Sonia Godowska. Riscosse un tale entusiasmo che lo richiamarono a suonare una danza bavarese, che considerò più un esercizio di fiato che una realizzazione artistica. Frau Godowska batteva il tempo col ventaglio.

Seguì il signore giovanissimo, il quale gorgheggiò con voce tenorile di amare qualcuno «col cuore insanguinato e mille pene». Fräulein Sonia recitò una scena di avvelenamento con l'ausilio del tubetto delle pillole di sua madre e una *chaise longue* al posto della poltrona; una giovane fanciulla grattò una ninna-nanna su un giovane violino e Herr Professor compì gli ultimi riti sacrificali sull'altare dei bambini sofferenti suonando l'inno nazionale.

– Ora devo mettere a letto la mamma, – mormorò Fräulein Sonia. – Dopo però ho bisogno di fare una passeggiata. È imperativo che liberi per un momento il mio spirito all'aria aperta. Vuol venire con me fino alla stazione ferroviaria e ritorno?

– Benissimo; mi bussi alla porta quando è pronta.

Così l'anima moderna e io ci trovammo insieme sotto le stelle.

– Che notte! – disse lei. – Conosce quella poesia di Saffo che parla delle sue mani nelle stelle... Io sono stranamente saffica. Ed è una cosa così notevole, non solo sono saffica, ma in tutte le opere dei più grandi scrittori, specialmente nelle loro lettere inedite, trovo qualche tocco, qualche segno di me, qualche somiglianza, qualche parte di me, come mille riflessi delle mie mani in uno specchio oscuro.

– Ma che seccatura, – dissi.

– Non so che cosa intenda per *seccatura*; è piuttosto la maledizione del mio genio... – S'interruppe di colpo, fissandomi. – Sa della mia tragedia? – domandò.

Scossi il capo.

– La mia tragedia è mia madre. Vivendo con lei vivo con la bara delle mie aspirazioni non nate. Ha sentito quella frase sulla spilla da balia, stasera. A lei può sembrare una piccolezza, ma mi ha rovinato i primi tre gesti. Erano...

– Infilzati su una spilla da balia, – suggerii.

– Sì, esattamente. E quando siamo a Vienna sono vittima dei miei umori, sa. Anelo a fare cose selvagge, appassionate. E mamma dice: «Ti prego di versarmi la mia pozione prima». Ricordo che una volta ebbi un attacco di collera e lanciai dalla finestra una brocca del lavabo. Sa cosa disse? «Sonia, non è poi così grave gettare le cose dalla finestra, se solo tu potessi...».

– Scegliere qualcosa di più piccolo? – suggerii.

– No... «dirmelo prima». Umiliante! E non vedo luce possibile in questa oscurità.

– Perché non entra in una una compagnia itinerante, e lascia sua madre a Vienna?

– Come! Lasciare la mia povera mammina, malata e vedova a Vienna! Prima preferirei annegarmi. Amo mia madre come non amo nessun altro al mondo, nulla e nessuno. Crede sia impossibile amare la propria tragedia? «Dai miei grandi dolori traggo i miei piccoli canti,» questo è Heine, o sono io.

– Oh, bene, allora è tutto a posto, – dissi allegramente.

– Ma non è a posto per niente!

Suggerii di tornare indietro. Tornammo.

– Qualche volta penso che la soluzione sia il matrimonio,

– disse Fräulein Sonia. – Se trovassi un uomo semplice, tranquillo, che mi adorasse e che badasse alla *mamma*, un uomo che mi facesse da guanciale, perché il genio non può sperare di accoppiarsi, lo sposerei... Lei sa che Herr Professor mi ha dedicato attenzioni molto spiccate.

– Oh, Fräulein Sonia, – dissi, molto compiaciuta di me, – perché non lo fa sposare a sua madre? – In quel momento stavamo passando davanti a una bottega di parrucchiere. Fräulein Sonia mi afferrò il braccio.

– Lei, lei, – balbettò. – Che crudeltà! Sto per svenire. *Mamma* risposarsi prima che mi sposi io... che oscenità. Sto per svenire qui e subito.

Mi spaventai. – Non può, – dissi scuotendola.

– Torni alla pensione e svenga quanto vuole. Ma qui non può svenire. Tutti i negozi sono chiusi. Non c'è nessuno in giro. La prego, non sia così assurda.

– Qui, e qui soltanto! – Indicò il punto esatto e cadde splendidamente, restando immobile.

– Benissimo, – dissi, – svenga pure, ma la prego si sbrighi.

Non si mosse. M'incamminai verso casa, ma ogni volta che mi guardavo indietro vedevo la forma scura dell'anima moderna stesa davanti alla vetrina del parrucchiere. Finalmente mi misi a correre e andai a tirar fuori Herr Professor dalla sua stanza. – Fräulein Sonia è svenuta, – dissi laconica.

– *Du lieber Gott!*[23] Dove? Come?

– Davanti al negozio del parrucchiere nella via della stazione.

– Gesù e Maria! E non ha acqua con sé? – afferrò la caraffa – Non c'è nessuno con lei?

– Nessuno.

---

23 *Du lieber Gott!*: Santo Dio!

– Dov'è la mia giacca? Non importa, prenderò una bronchite. La prenderò volentieri... È pronta a venire con me?

– No, – dissi. – Può portare il cameriere.

– Ma ci vuole una donna. Non posso essere così indelicato da cercare di slacciarle il busto.

– Le anime moderne non dovrebbero portarne, – dissi. Mi spinse da una parte e si precipitò giù per le scale.

Quando la mattina dopo scesi a colazione c'erano due posti vuoti a tavola. Fräulein Sonia e Herr Professor erano andati a fare un'escursione nei boschi per tutta la giornata.

Chissà perché.

DA LEHMANN

Certamente Sabina non trovava la vita monotona. Di buon trotto dalla mattina presto fino a sera inoltrata. Alle cinque si buttava giù dal letto, si abbottonava i vestiti, e con un grembiule d'alpaca a maniche lunghe messo sopra al completo nero scendeva le scale a tentoni fino in cucina.

Anna, la cuoca, durante l'estate era ingrassata tanto che adorava il suo letto, perché lì non doveva portare il busto e poteva allargarsi quanto voleva e rotolarsi sul gran materasso chiamando a testimoni Gesù, la Madonna e lo stesso sant'Antonio che la sua vita era peggiore di quella di un porco nello stabbio.

Sabina era la nuova a lavoro. Un colorito roseo le aleggiava ancora sulle guance; a sinistra della bocca aveva una fossetta che, anche quando era più seria e assorta, saltava fuori all'improvviso e la tradiva. E Anna benediceva quella fossetta. Per lei significava una mezz'ora in più a letto; faceva sì che Sabina accendesse il fuoco, ripulisse la cucina e lavasse le infinite tazzine e piattini rimasti dalla sera prima. Hans, lo sguattero, non arrivava prima delle sette. Era il figlio del macellaio, un ragazzetto esile, mingherlino, somigliantissimo a una delle salsicce di suo padre, pensava Sabina. Aveva il viso rosso coperto di brufoli e le unghie indescrivibilmente sporche. Quando Herr Lehmann in persona disse ad Hans di procurarsi una forcina e di pulirsele, disse che erano macchiate dalla nascita perché sua madre s'impastricciava sempre d'inchiostro facendo i conti, e

Sabina gli credette e lo compatì.

L'inverno era venuto prestissimo a Mindelbau. Alla fine d'ottobre c'era neve fino alla cintola sul ciglio delle strade, e la gran maggioranza degli «ospiti in cura», mortalmente stufi di acqua gelida e di erbe, se n'era andata tutt'altro che di buon umore. Perciò, da Lehmann, il salone grande era chiuso e la sala della prima colazione era l'unico locale che il bar offriva. Qui si doveva lavare il pavimento, strofinare i tavoli, disporre le tazzine, ognuna col suo piattino di porcellana per lo zucchero, e appendere i giornali e le riviste ai ganci lungo le pareti, prima che Herr Lehmann comparisse alle sette e mezzo ad aprir bottega.

Di solito sua moglie serviva gli avventori nel negozio che dava sul bar, ma aveva scelto la bassa stagione per avere un bambino, e in gravidanza s'era fatta così enorme, dato che era grossa anche in tempi normali, che suo marito le aveva detto che il suo aspetto era poco piacevole e che avrebbe fatto meglio a restarsene di sopra a cucire.

Sabina si accollò quel lavoro extra senza pensare lontanamente a una paga extra. Le piaceva molto star dietro al bancone ad affettare i meravigliosi dolci spruzzati di cioccolata fatti da Anna, oppure a impacchettare i confetti in sacchetti a righe rosa e celesti.

– Ti verranno le vene varicose come a me, – diceva Anna. – Ce le ha anche la Frau. Lo credo che il bambino non arriva! Il gonfiore le è andato tutto alle gambe. – E Hans drizzava le orecchie interessatissimo.

La mattina gli affari erano relativamente fiacchi. Sabina rispondeva al campanello del negozio, si occupava dei pochi clienti che bevevano un bicchierino per scaldarsi lo stomaco prima del pasto di mezzogiorno, e di tanto in tanto correva su per chiedere alla signora se aveva bisogno di qualcosa. Ma, nel pomeriggio, sei o sette spiriti eletti giocavano a carte, e tutti quelli che contavano qualcosa bevevano tè o caffè.

– Sabina... Sabina...

Volava da un tavolo all'altro, contando manciate di monetine di resto, passando le ordinazioni ad Anna attraverso lo sportello del passavivande, aiutando gli uomini a infilarsi i pesanti cappotti, sempre con quella sua magica aria infantile, quel senso delizioso di partecipare perennemente ad una festa.

– Come sta Frau Lehmann? – mormoravano le donne.

– Si sente un po' giù, ma era prevedibile, – rispondeva Sabina, annuendo con aria confidenziale.

Il momento cruciale di Frau Lehmann si avvicinava. Anna e le sue amiche vi alludevano come al suo «viaggio a Roma» e Sabina moriva dalla voglia di far domande, ma, vergognandosi della propria ignoranza, restava zitta, cercando di risolvere l'incognita da sé. Non sapeva praticamente nulla tranne che la Frau aveva dentro di sé un bambino, che doveva venir fuori in maniera molto dolorosa. Che non si poteva averne uno senza marito, anche di questo si rendeva conto. Ma che c'entrava l'uomo in tutto questo? Perciò se lo chiedeva mentre si sedeva a rammendare tovagliette da tè la sera, con la testa china sul lavoro e la luce che le splendeva sui riccioli castani. La nascita... che cos'era? si chiedeva Sabina. La morte... una cosa così semplice. Aveva un ritrattino della nonna morta, vestita di seta nera, le mani stanche che stringevano il crocifisso lungo i seni appiattiti, la bocca stranamente serrara, eppure sfiorata da un segreto sorriso. Ma una volta la nonna era nata, quello era il fatto importante.

Mentre una sera se ne stava lì a pensare, il Giovanotto entrò nel bar e chiese un bicchiere di porto. Sabina si alzò lentamente. La lunga giornata e la stanza calda la facevano sentire un po' languida, ma, versando il vino, sentì gli occhi del Giovanotto fissi su di lei, lo guardò e sprigionò la sua fossetta.

– Fa freddo, fuori, – disse, ritappando la bottiglia.

Il Giovanotto si passò le mani tra i capelli spruzzati di neve e rise.

– Non lo definirei proprio un clima tropicale, – disse. – Ma lei qui è al calduccio, sembra che abbia dormito.

Sabina si sentiva molto languida nella stanza calda, e la voce del Giovanotto era forte e profonda. Pensò che non aveva mai visto nessuno con un'aria così forte, come se potesse sollevare il tavolo con una mano sola, e lo sguardo irrequieto di lui che vagava sul suo viso e la sua persona le dava uno strano brivido lungo il corpo, per metà di piacere, per metà di dolore... Desiderava stargli vicino là in piedi mentre beveva il suo vino. Seguì un breve silenzio. Poi lui trasse un libro dalla tasca e Sabina tornò al suo cucito. Seduta nell'angolo ascoltava il fruscio delle pagine e il sonoro ticchettio dell'orologio appeso sopra lo specchio dorato. Ebbe il desiderio di guardarlo ancora, c'era qualcosa in lui, nella sua voce profonda, persino nel modo in cui gli cadevano i vestiti. Nella stanza di sopra udì il rumore strascicato dei passi di Frau Lehmann, e i suoi vecchi pensieri tornarono a importunarla. Se un giorno anche lei avesse avuto quell'aspetto... se si fosse sentita a quel modo! Eppure sarebbe stato molto dolce avere un bambino piccolo da vestire e da far saltare su e giù.

– Fräulein... come si chiama, perché sorride? – domandò il giovanotto.

Lei arrossì e alzò gli occhi, tenendo le mani abbandonate in grembo, lo guardò, al di là dei tavoli vuoti, e scosse il capo.

– Venga qui, che le mostro una figura, – ordinò lui.

Lei andò a mettersi accanto a lui, in piedi. Lui aprì il libro e Sabina vide lo schizzo a colori di una ragazza nuda seduta sull'orlo di un grande letto disfatto, con un cilindro da uomo appoggiato all'indietro sulla testa.

Lui posò la mano su quel corpo, lasciando scoperto solo il viso, poi scrutando attentamente Sabina.

– Ebbene?

– Ebbene cosa? – chiese lei, sapendolo perfettamente.

– Be', potrebbe essere la sua fotografia... voglio dire il viso, per il resto non posso giudicare.

– Ma la pettinatura è diversa, – disse Sabina, ridendo. Gettò la testa indietro e la risata le gorgogliò nella gola bianca e rotonda.

– È un'immagine piuttosto bella, non trova? – chiese lui. Ma lei guardava uno strano anello che lui portava sulla mano che copriva il corpo della ragazza, e si limitò ad annuire.

– Ha mai visto niente di simile?

– Oh, ce ne sono tante di cose strampalate come questa sui giornali illustrati.

– Le piacerebbe farsi ritrarre così?

– Io? Non lo farei mai vedere a nessuno. E poi non ho un cappello così!

– A questo si rimedia facilmente.

Un altro breve silenzio, interrotto da Anna che tirava su lo sportello del passavivande.

Sabina corse in cucina.

– To', porta questo latte e quest'uovo su alla Frau, – disse Anna. – Chi c'è lì con te?

– Un uomo così buffo! Credo che sia un po' toccato, – e si battè la fronte.

Di sopra, nella sua brutta stanza, la Frau sedeva a cucire, con uno scialle nero sulle spalle, i piedi sprofondati nelle pantofole di lana rossa. La giovinetta le posò il latte sopra un tavolo vicino a lei, poi rimase in piedi a lustrare un cucchiaio col grembiule.

– C'è altro?

– Be', – disse la Frau, sollevandosi a fatica sulla sedia. – Dov'è mio marito?

– È su da Snipold a giocare a carte. Lo vuole?

– Santo cielo, lascialo stare. Io non conto niente. Io non ho importanza... E sto qui tutto il giorno ad aspettare.

La mano le tremava mentre asciugava l'orlo del bicchiere col dito grasso.

– L'aiuto a mettersi a letto?

– Scendi e lasciami in pace. Di' ad Anna di stare attenta che Hans non sgraffigni lo zucchero, che gli dia pure un ceffone.

– Brutto... brutto... brutto, – borbottò Sabina rientrando nel bar dove il giovanotto era in piedi, col cappotto abbottonato, pronto ad andarsene.

– Tornerò domani, – disse. – Non si arroncigli i capelli indietro così stretti; perderanno tutti i riccioli.

– Be', è un bel tipo lei, – fece Sabina. – Buonanotte.

Quando Sabina fu pronta per mettersi a letto, Anna russava. Si spazzolò i lunghi capelli e se li raccolse nelle mani... Forse sarebbe stato un peccato se avesse perduto tutti i riccioli. Poi abbassò gli occhi sulla sua camicia che scendeva diritta e, sfilandosela, sedette sulla sponda del letto.

– Vorrei, – mormorò sorridendo assonnata, – che in questa camera ci fosse un grande specchio.

Distesa nel buio si abbracciò l'esile corpo.

– Non vorrei essere la Frau nemmeno per cento marchi... neppure per mille. Avere quell'aspetto lì.

E, quasi in sogno, s'immaginò di sollevarsi sulla sedia con la bottiglia di porto in mano, mentre il Giovanotto entrava nel bar.

Freddo e buio il mattino dopo. Sabina si svegliò stanca, con la sensazione che qualcosa di pesante le avesse premuto tutta la notte sul cuore. C'era un rumore di passi strascicati lungo il corridoio. Herr Leumann! Doveva aver dormito più del solito. Sì, era lui che scuoteva la maniglia.

– Un momento, un momento, – gridò lei tirandosi su le calze.

– Bina, di' ad Anna di andare dalla Frau, ma presto. Io devo correre a chiamare la levatrice.

– Sì, sì, – esclamò lei. – È nato?

Ma lui se n'era già andato, e Sabina corse da Anna e la scrollò prendendola per una spalla.

– La Frau... il bambino... Herr Lehmann dalla levatrice, – balbettò.

– In nome di Dio! – disse Anna, precipitandosi giù dal letto.

Niente lamenti, oggi. Aria d'importanza ed entusiasmo in tutto il comportamento di Anna.

– Corri di sotto ad accendere la stufa. Metti su una pentola d'acqua, – e parlava a una sofferente immaginaria mentre si abbottonava la camicetta. – Sì, sì, lo so... dobbiamo star peggio prima di star meglio... sto arrivando... pazienza...

Fece buio tutto il giorno. Furono accese le luci appena si aprì il bar, e gli affari andarono benissimo. Anna, che la levatrice aveva cacciato fuori dalla stanza della Frau, si rifiutò di lavorare, e si sedette in un angolo a crogiolarsi e ad ascoltare i rumori di sopra. Hans fu più solidale di Sabina. Abbandonò anche lui il lavoro, e restò in piedi accanto alla finestra, cacciandosi le dita nel naso.

– Ma perché devo fare tutto io? – disse Sabina lavando i bicchieri. – Non posso aiutare la Frau; non dovrebbe metterci

tanto tempo.
 – Senti, – disse Anna, – l'hanno portata nella camera da letto sul retro, qua sopra, per non disturbare i clienti. Quello era un gemito... quello!
 – Due birre piccole, – gridò Herr Lehmann attraverso la buca dei passavivande.
 – Un momento, un momento.
 Alle otto il caffè era deserto. Sabina sedette nell'angolo senza il suo cucito. Sembrava che alla Frau non fosse successo nulla. Era venuto il dottore, ecco tutto.
 – *Ach*, – disse Sabina. – Non voglio pensarci più. Non voglio ascoltare più. *Ach*, vorrei andarmene, odio questi discorsi. Non voglio ascoltarli. No, questo è troppo. – Appoggiò i gomiti sul tavolo, si prese il viso fra le mani, imbronciata.
 Ma la porta esterna si aprì di colpo, e lei balzò in piedi e rise. Era di nuovo il Giovanotto. Ordinò dell'altro porto; e questa volta non aveva libri.
 – Non vada a sedersi a chilometri di distanza, – brontolò. – Voglio essere intrattenuto. Ecco qua, mi prenda il cappotto. Non può metterlo ad asciugare in qualche posto? nevica di nuovo.
 – C'è un posto caldo... il guardaroba delle signore, – disse lei. – Lo porterò là, proprio accanto alla cucina.
 Si sentì meglio e di nuovo felicissima.
 – Vengo con lei, – disse lui. – Così vedo dove lo mette.
 La cosa non le parve affatto straordinaria. Rise e gli fece un cenno.
 – Qua dentro, – esclamò. – Senta com'è caldo. Metto altra legna nella stufa. Tanto, di sopra sono tutti occupati.
 S'inginocchiò sul pavimento e infilò la legna nella stufa, ridendo della sua colpevole prodigalità.
 La Frau fu dimenticata, la stupida giornata fu dimenticata.

C'era qualcuno accanto a lei che rideva anche lui. Stavano insieme nella stanzina calda a rubare la legna di Herr Lehmann. Sembrava l'avventura più emozionante del mondo. Lei aveva voglia di continuare e ridere, o di scoppiare a piangere o... o... di agguantare il Giovanotto.

– Che fuoco! – strillò lei allungando le mani.

– Prenda la mano; si tiri su, – disse il Giovanotto.

– Su, che domani gliela faranno pagare!

Stavano l'uno di fronte all'altra, con le mani ancora strette. E di nuovo quello strano brivido percorse Sabina.

– Insomma, – disse lui rude, – è una bambina o gioca a fare la bambina?

– Io... io...

Le risa cessarono. Lo guardò una volta sola, poi abbassò gli occhi sul pavimento, e si mise ad ansimare come un animaletto spaventato.

Lui l'avvicinò ancora di più a sé e la baciò sulle labbra.

– Be', ma che sta facendo? – sussurrò lei.

Lui le lasciò le mani e le adagiò sul suo petto, e a Sabina parve che la stanza cominciasse ad ondeggiarle intorno. Ad un tratto, dalla camera di sopra, uno strillo spaventoso, lacerante.

Lei si liberò con uno strattone, si riprese, si raddrizzò.

– Chi è stato, chi ha fatto quel rumore?

*
**

Nel silenzio, il vagito esile di un neonato.

– *Ach!* – gridò Sabina, e corse via dalla stanza.

IL LUFT BAD[16]

Credo siano gli ombrellini a darci un'aria ridicola.

Quando per la prima volta fui ammessa nel recinto e vidi le mie compagne di bagno andare in giro tutte quante «in costume adamitico», ebbi la netta sensazione che gli ombrellini dessero loro proprio un tocco di *Piccolo Black Sambo*.[17]

Che ridicola dignità quella di tenersi ritto sopra la testa un arnese di cotone verde con un pappagallo rosso per manico quando non si ha addosso niente di più grande di un fazzoletto.

Non ci sono alberi nel *Luft Bad*. Vanta una serie di semplici cabine di legno, un riparo per i bagni, due altalene e due strane clave: una, smarrita presumibilmente da Ercole o dall'esercito tedesco, l'altra da potersi usare con sicurezza in una culla.

E là, con qualunque tempo, prendiamo aria, camminando, o stando sedute a piccoli gruppi a discorrere sulle rispettive indisposizioni, esami e malattie cui la carne è soggetta.

Ci circonda un'alta palizzata di legno; al disopra ci guardano i pini un po' sprezzanti, dandosi quelle gomitate d'intesa particolarmente penose per una *debuttante*. Al di là della palizzata, sulla destra, c'è il settore maschile. Li sentiamo

---

16 *Luftbad*: bagno d'aria.
17 Rimando a un'opera di Helen Bannermann, *The Story of Little Black Sambo*, 1899. Il bambino nero raffigurato sulla copertina del libro ha un ombrello verde in mano.

abbattere alberi e segare assi, scagliare grandi pesi al suolo e cantare a più voci. Sì, loro prendono la cosa molto più sul serio.

Il primo giorno, cosciente delle mie gambe, tornai tre volte in cabina per guardare l'orologio, ma quando una signora con cui giocavo a scacchi da tre settimane fece finta di non vedermi, mi feci coraggio e mi unii ad un gruppo.

Stavamo acciambellate per terra mentre una matrona ungherese di immense proporzioni ci raccontava che bella tomba aveva comprato per il secondo marito.

– È una cripta, – diceva, – con dei bei cancelli neri. È così grande che posso scendere a passeggiarci. Ci sono le fotografie di entrambi, con due bellissime corone che mi ha mandato il fratello del mio primo marito. C'è anche l'ingrandimento di una foto di famiglia, e una dedica miniata che fu offerta al mio primo marito il giorno del matrimonio. Ci vado spesso; è una gita così piacevole per un bel sabato pomeriggio.

Ad un tratto si stese supina, fece sei lunghe inspirazioni e si rimise a sedere.

– L'agonia della morte è stata terribile, – disse vivace; – del secondo, voglio dire. Il *primo* fu investito da un carro che portava mobili, e gli rubarono anche cinquanta marchi dalla tasca del panciotto nuovo, ma il *secondo* ci ha messo sessantasette ore a morire. Non ho mai smesso di piangere un minuto... neanche per mettere i bambini a letto.

Una giovane russa, con una frangetta ricciuta sulla fronte, si rivolse a me.

– Sa fare la danza di *Salomè*? – chiese. – Io sì.
– Che meraviglia! – dissi.
– Vuole che la faccia ora? Le piacerebbe vedermi?

Balzò in piedi, eseguì per dieci minuti una serie di sorprendenti contorsioni, poi si fermò ansimante, attorcigliandosi i

lunghi capelli.
– Non è bello? – disse. – E adesso sto sudando magnificamente. Devo andare a fare un bagno.

Di fronte a me c'era la donna più abbronzata che avessi mai visto, distesa sulla schiena, con le braccia intrecciate sulla testa.

– Quanto è stata qui, oggi? – le chiesero.
– Oh, adesso ci passo tutta la giornata. – Sto facendo la mia «cura» personale, mi nutro esclusivamente di verdura cruda e di noci, e sento che lo spirito mi diventa ogni giorno più forte e puro. Del resto, cosa ci si può aspettare? Quasi tutti noi andiamo in giro con corpuscoli di maiale e frammenti di bue nel cervello. È un miracolo che il mondo vada bene come va. Adesso vivo del cibo semplice che la natura ci offre, – indicò un sacchetto di fianco a lei, – un cespo di lattuga, una carota, una patata e qualche noce sono un nutrimento più che abbondante e razionale. Le lavo sotto il rubinetto e le mangio crude, proprio come vengono dalla terra innocente: fresche e incontaminate.

– Non prende altro in tutta la giornata? – esclamai.
– Acqua. E forse una banana, se mi sveglio di notte. – Si girò e si appoggiò su un gomito. – Lei mangia spaventosamente troppo, – disse, – senza pudore! Come può aspettarsi che la Fiamma dello Spirito arda viva sotto strati di carne superflua?

Avrei voluto che non mi fissasse a quel modo e pensavo di andare a dare un'altra occhiata all'orologio, quando ci raggiunse una fanciullina che portava una collana di corallo.

– La povera Frau Hauptmann oggi non può raggiungerci; – disse, – le sono comparse macchie dappertutto, per via dei nervi. Ieri, dopo aver scritto due cartoline, era molto provata.

– Una donna delicata, – commentò l'ungherese, – ma

simpatica. Pensate, ha una capsula separata per ogni incisivo! Ma non ha nessun diritto di far portare alle figlie dei vestiti alla marinara così corti. Si siedono sulle panchine e accavallano le gambe nel modo più sfacciato. Cosa pensa di fare nel pomeriggio, Fräulein Anna?

– Oh, – disse la Collana di Corallo, – Herr Oberleutnant mi ha invitata ad andare con lui a Landsdorf. Deve comprare delle uova da portare a sua madre. Risparmia un soldo ogni otto uova perché sa fare le trattative coi contadini giusti.

– Lei è americana? – domandò la Signora delle Verdure, rivolgendosi a me.

– No.

– Allora è inglese?

– Be', non proprio...

– Dev'essere per forza l'una o l'altra cosa; non c'è scampo. L'ho vista passeggiare da sola parecchie volte. Si mette addosso...

Mi alzai e salii sull'altalena. L'aria mi scorreva fresca e dolce sul corpo. Sopra, nuvole bianche solcavano delicatamente il cielo azzurro. Dalla pineta si diffondeva un profumo selvatico, i rami ondeggiavano insieme, con un ritmo cadenzato. Mi sentivo così leggera e libera e felice, così bambina! Avevo voglia di fare le linguacce al circolo seduto sull'erba, che si stringeva mormorando con aria d'intesa.

– Forse non sa, – gridò una voce da una delle cabine, – che andare sull'altalena disturba molto lo stomaco? Una mia amica non è riuscita a trattenere nulla per tre settimane, dopo essersi agitata così.

Andai nel recinto dei bagni e feci la doccia.

Mentre mi vestivo, qualcuno bussò alla parete.

– Lo sa, – disse una voce, – che c'è un uomo che *abita* nel *Luft Bad* qui accanto? Si seppellisce nel fango fino alle ascelle e si rifiuta di credere alla Trinità.

Gli ombrelli sono la grazia salvifica del *Luft Bad*. Ora, quando ci vado, porto con me l'ombrellone «da temporale» di mio marito e mi siedo in un angolo, nascondendomici dietro.

Non che mi vergogni minimamente delle mie gambe.

UNA NASCITA

Andreas Binzer si svegliò lentamente. Si girò nel letto angusto, si stirò, sbadigliò, spalancando la bocca più che poteva e serrando i denti con un *clic* secco. Il suono di quel *clic* lo affascinava; lo ripetè in fretta diverse volte, aprendo e chiudendo di scatto le mascelle. «Che denti!» pensò. «Sani come l'acciaio, tutti: uno ad uno. Mai tolto uno, mai fatto otturare. Il che si ottiene a non far stupidaggini nel mangiare, e darsi regolarmente una spazzolatina mattina e sera». Si sollevò sul gomito sinistro, e agitò il braccio destro oltre il bordo del letto per toccare la sedia dove la notte metteva l'orologio a catena. La sedia non c'era, ovvio, se n'era dimenticato, non c'erano sedie in quell'ignobile cameretta degli ospiti. Gli era toccato mettere quel maledetto coso sotto il cuscino. «Le otto e mezza, domenica, colazione alle nove, è ora di fare il bagno», il suo cervello ticchettò con l'orologio. Balzò giù dal letto e andò alla finestra. La veneziana era rotta, e pendeva a ventaglio sul vetro superiore... «Quella veneziana deve essere riparata. Chiederò al fattorino di passare ad aggiustarla domani, prima che torni a casa, ci sa fare con le veneziane. Per due soldi fa un lavoro degno di un falegname... Anna potrebbe farlo da sé, se stesse bene. Lo farei anch'io, se è per questo, ma non mi piace avventurarmi su una scala a pioli che traballa». Alzò gli occhi verso il cielo; splendeva di uno strano bianco immacolato senza nuvole; li abbassò sulla fila di giardinetti e di cortili sul retro. Il recinto di quei giardini costeggiava il ciglio d'un canalone attraversato da un ponte di ferro sospeso, da cui la gente aveva la disgraziata abitudine di gettare i barattoli di latta giù nel canalone. Era nel loro stile, ovvio! Andreas si mise a contare i barattoli, e decise rabbiosamente di scrivere una lettera ai giornali sull'argomento e di firmarla, di firmarla per esteso.

La donna di servizio uscì in cortile dalla porta posteriore, con i suoi stivali in mano. Ne gettò uno per terra, infilò la mano nell'altro e lo fissò, risucchiando le guance. Di colpo si piegò in avanti, sputò sulla punta dello stivale e si mise a lustrarla con una spazzola pescata dalla tasca del grembiule... «Sgualdrina di ragazza! Solo il cielo sa quale malattia infettiva si sta diffondendo ora su quello stivale. Appena Anna sarà di nuovo in piedi e capace di camminare, deve sbarazzarsi di quella ragazza, anche se per un po' dovrà restare senza. In che razza di modo ha buttato giù quello stivale e poi ha sputato sull'altro! Non le importava di chi fossero gli stivali che aveva agguantato. *Quella lì* non ha la minima idea di cosa sia il rispetto dovuto al padrone di casa». Si allontanò dalla finestra e sfilò l'asciugamano dal sostegno, nauseato fino al midollo. «Sono troppo sensibile per essere un uomo, ecco qual è il mio guaio. Lo sono stato fin dall'inizio, e lo sarò fino alla fine».

Si udì un leggero bussare ed entrò sua madre. Si chiuse la porta alle spalle e vi si appoggiò. Andreas notò che aveva la cuffia di traverso, e che una lunga ciocca di capelli le pendeva sulla spalla. Le si avvicinò e la baciò.

– Buongiorno, mamma; come sta Anna?

La vecchia parlò in fretta, congiungendo in continuazione le mani.

– Ti prego, Andreas, appena sei pronto va' dal dottor Erb.
– Perché, – disse lui, – sta male?

Frau Binzer annuì, e Andreas, osservandola, vide il suo

viso cangiare di colpo; una rete sottile di rughe sembrò affiorare da sotto la pelle.

– Siedi un momento sul letto, – disse. – Sei stata su tutta la notte?

– Sì. No, non voglio sedermi, devo tornare da lei. Anna ha avuto dolori tutta la notte. Non ha voluto che ti si disturbasse prima, perché diceva che ieri le eri sembrato tanto giù. Le hai detto che ti eri preso un raffreddore, e che eri molto preoccupato.

Andreas ebbe l'immediata sensazione di essere stato messo sott'accusa.

– Be', è stata lei a farmelo dire, a furia d'insistere. Lo sai come fa.

Frau Binzer annuì di nuovo.

– Oh, sì, lo so. Chiede se il tuo raffreddore va meglio, e dice che c'è una maglia pesante per te nell'angolo a sinistra del cassetto grande.

Del tutto automaticamente Andreas si schiarì la gola due volte.

– Sì? – rispose. – Dille che ho la gola decisamente più libera. È meglio che non la disturbi, suppongo?

– No, e poi è l'*ora*, Andreas.

– Sono pronto in cinque minuti.

Andarono nel corridoio. Mentre Frau Binzer apriva la porta della camera da letto che dava sulla strada, ne uscì un lungo gemito.

Quel gemito impressionò e atterrì Andreas. Si precipitò nella stanza da bagno, aprì completamente i due rubinetti, si lavò i denti e si tagliò le unghie mentre l'acqua scorreva.

«Una cosa spaventosa, una cosa spaventosa,» mormorò. «E non capisco. Non è mica il primo che fa, è il terzo. Ieri il vecchio Schäfer mi ha detto che sua moglie ha semplicemente "scodellato" il quarto. Anna avrebbe dovuto prendere una levatrice esperta. Mamma gliele dà vinte tutte. Mamma la vizia. Mi chiedo cosa intendeva dicendo che ieri ho fatto preoccupare Anna. Bella osservazione da farsi a un marito, in un momento come questo. Ho i nervi a pezzi, suppongo, di nuovo la mia sensibilità».

Quando andò in cucina a prendere gli stivali, la donna di servizio era china sul fornello e preparava la colazione. «Ora ci respirerà dentro, immagino,» pensò Andreas, e fu molto brusco con la servetta. Lei non ci fece caso. Era piena di gioia, atterrita e consapevole dell'importanza di quel che accadeva di sopra. Ad ogni respiro sentiva di imparare i segreti della vita.

Quella mattina aveva apparecchiato dicendo *maschio* mentre posava il primo piatto e *femmina* mentre sistemava il secondo: aveva finito con *maschio* col cucchiaino del sale. «Quasi quasi lo dico al padrone, per tirarlo su» decise. Ma il padrone non le dette pretesti.

– Metti in tavola una tazza e un piattino in più, – disse; – forse il dottore vorrà del caffè.

– Il dottore, signore? – La donna di servizio ritirò di colpo un cucchiaio da una padella sui fornelli, e le lasciò cadere due gocce di grasso. – Devo friggere qualcosa in più? – Ma il padrone se n'era andato, sbattendosi la porta alle spalle. Si avviò per la strada, non c'era proprio nessuno in giro, era un mortorio questo posto, la domenica mattina. Mentre attraversava il ponte sospeso, un gran puzzo di finocchio e di vecchi rifiuti saliva dal canalone, e Andreas ricominciò a stendere mentalmente una lettera. Svoltò nella strada principale. Le serrande dei negozi erano ancora chiuse. Pezzetti di giornale, fieno e bucce di frutta costellavano il marciapiede; gli scoli erano intasati dagli avanzi del sabato sera. Due cani, stesi in mezzo alla strada, si azzuffavano e si mordevano. Solo l'osteria sull'angolo era aperta; un giovane barista versava dell'acqua sulla soglia.

Con le labbra increspate dal fastidio, Andreas si fece strada in mezzo all'acqua. «È straordinario come mi accorgo di tutto, stamattina. In parte è l'effetto della domenica. Odio la domenica, quando Anna è costretta a letto e le bambine non ci sono. La domenica, un uomo ha diritto di godersi la famiglia. Qui è tutto sudicio, come se l'intero paese fosse appestato, e succederà, se non spazzano questa strada. Mi piacerebbe avere per le mani gli impasti del governo». Raddrizzò le spalle. «Per ora andiamo a chiamare il medico».

– Il dottor Erb sta facendo colazione, – lo informò la cameriera. Lo accompagnò nella sala d'aspetto, un luogo buio e ammuffito, con delle felci sotto a una campana di vetro vicino alla finestra. – Dice che ci mette meno di un minuto, signore, c'è un giornale sul tavolo.

«Che buco malsano,» pensò Binzer, avvicinandosi alla finestra e tamburellando con le dita sul vetro che copriva le felci. «Fa colazione, eh? Ecco il mio sbaglio: uscire presto e a stomaco vuoto».

Per la strada passò a sobbalzi il carro del lattaio, col garzone dietro, in piedi, che schioccava la frusta; portava un enorme fiore di geranio infilato nel risvolto della giacca. Se ne stava saldo come una roccia, piegandosi un po' all'indietro sul carro traballante. Andreas allungò il collo per seguirlo con gli occhi fino in fondo alla strada, anche quando fu sparito, ascoltando il rumore metallico di quei bidoni sbatacchiati.

«Uhm, non se la passa per niente male,» rifletté. «Non mi farebbe specie provarla anch'io un po' di quella vita. Alzarsi la mattina presto, finire di lavorare alle undici, senza nient'altro da fare che oziare tutto il giorno fino all'ora della mungitura». Sapeva che era un'esagerazione, ma aveva voglia di commiserarsi.

La cameriera aprì la porta, e si fece da parte per lasciar passare il dottor Erb. Andreas si voltò e i due uomini si strinsero la mano.

– Ebbene, Binzer, – disse gioviale il dottore togliendosi qualche briciola dal panciotto color perla, – il figlio ed erede sta diventando importuno?

Il morale di Binzer si risollevò in un attimo. Figlio ed erede, perbacco! Era contento di aver di nuovo a che fare con un uomo. E un tipo quadrato, che s'imbatteva in questo genere di cose ogni giorno della settimana.

– Siamo press'a poco a questo punto, dottore, – rispose, sorridendo e prendendo il cappello. – Mia madre mi ha tirato giù dal letto stamani con l'ordine tassativo di venirla a chiamare.

– Il calessino sarà qui tra un minuto. Torna indietro con me, no? Giornata straordinariamente afosa; lei è già rosso come una barbabietola.

Andreas finse di ridere. Il dottore aveva un'abitudine fastidiosa; pensava di avere il diritto di prendere in giro chiunque, solo perché era un medico. «Quest'uomo è pieno di sé, come tutti i professionisti» concluse Andreas.

– Come ha passato la notte Frau Binzer? – chiese il dottore. – Ah, ecco il calesse. Me lo dirà strada facendo. Si sieda il più possibile al centro, eh, Binzer? Il suo peso lo fa piegare un po' da una parte, ecco il guaio di voi brillanti uomini d'affari.

«Pesa a dir poco dieci chili più di me,» pensò Andreas. «Sarà bravo nella sua professione, ma Dio me ne scampi».

– Forza, bellezza mia. – Il dottor Erb sfiorò con la frusta la cavallina baia. – Sua moglie è riuscita a dormire un po', stanotte?

– No, non credo, – rispose secco Andreas.

— A dire la verità, non mi piace che non abbia una levatrice.

— Oh, sua madre vale una dozzina di levatrici, — esclamò il medico con enorme entusiasmo. — Per essere sincero, non ho simpatia per le levatrici, troppo dure, dure come una bistecca al sangue. Lottano per il bambino come se lottassero con la *Morte per il corpo di Patroclo*... Ha mai visto il quadro di quell'artista inglese, Leighton? Splendido, pieno di nerbo!

«Rieccolo,» pensò Andreas, «che sbandiera la sua cultura per farmi passare per cretino».

— Invece sua madre è energica, e capace. Fa quello che le si dice, con un'umanità profonda. Guardi questi negozi che stiamo sorpassando, sono piaghe purulente. Come diamine fa il governo a tollerare...

— Non sono poi tanto male, abbastanza decenti; hanno solo bisogno di una mano d'imbiancatura.

Il medico fischiettò un'arietta e toccò un'altra volta la cavalla con la frusta.

— Be', spero che quel birbantello non dia troppi guai a sua madre, — disse. — Eccoci.

Un ragazzino pelle e ossa, che per tutto il tempo aveva fatto l'altalena sul sedile posteriore del calessino, balzò a terra e prese le briglie del cavallo. Andreas andò dritto in sala da pranzo, e fece accompagnare di sopra il medico dalla servetta. Sedette, si versò un po' di caffè e morsicchiò mezzo panino prima di servirsi il pesce. Notò allora che non c'era lo scaldavivande per il pesce, la casa andava proprio a rotoli. Suonò il campanello, ma la servetta entrò portando un vassoio con una scodella di minestra e uno scaldavivande.

— Li ho tenuti sulla stufa, — disse con un sorriso sciocco.

— Ah, grazie, molto gentile. — Mentre mandava giù la minestra, gli si allargò il cuore verso quell'ottusa ragazza.

– Oh, meno male che è venuto il dottor Erb, – riprese volenterosa la servetta, che scoppiava dal desiderio di un po' di partecipazione.

– Ehm, ehm, – fece Andreas.

Lei restò un momento in attesa roteando gli occhi, poi, detestando l'intero sesso maschile, tornò in cucina e si votò alla sterilità.

Andreas ripulì la scodella di minestra e terminò il pesce. Mentre mangiava, la stanza imbrunì lentamente. Si alzò un venticello che sbatteva i rami degli alberi contro la finestra. La sala da pranzo dava sul frangiflutti del porto, e il mare era agitato da grevi cavalloni. Il vento strisciava attorno alla casa, gemendo desolato.

«Si prepara un temporale. Questo vuol dire che dovrò rinchiudermi qua dentro tutto il giorno. Be', c'è una sola cosa positiva: rischiarerà l'aria». Udì la servetta correre piena d'importanza per la casa, chiudendo le finestre con violenza. Poi la intravide in giardino, che staccava dalle mollette gli strofinacci appesi alla corda tesa. Era una lavoratrice, niente da dire. Prese un libro e spinse la poltrona accanto alla finestra. Ma era inutile. Era troppo buio per leggere; non gli andava di sforzarsi gli occhi, e accendere la lampada a gas alle dieci del mattino gli sembrava assurdo. Così sprofondò nella poltrona, appoggiò i gomiti sui braccioli imbottiti e si abbandonò, una volta tanto, a sogni oziosi. «Un maschio? Sì, era destinato ad essere un maschio questa volta...». «Com'è composta la sua famiglia, Binzer?» «Oh, ho due femmine e un maschio!» Un bel numerino. Naturalmente non era proprio il tipo da avere preferenze tra i figli, ma un uomo aveva bisogno di un figlio maschio. «Sto mettendo in piedi un'azienda per mio figlio! Binzer & Figlio! Significherebbe vivere a stecchetto per i prossimi dieci anni, riducendo le spese il più possibile; e poi...».

Una tremenda raffica di vento si abbatté sulla casa, la afferrò, la scosse, e la lasciò solo per riafferrarla più strettamente. Le onde si gonfiavano lungo il frangiflutti, montando in schiuma frastagliata. Nel cielo bianco volavano lunghe strie di nuvole grigie.

Andreas si sentì proprio sollevato udendo il dottor Erb scendere le scale; si alzò e accese la lampada a gas.

– Le dispiace se fumo qui? – domandò il dottor Erb, accendendo una sigaretta prima che Andreas avesse il tempo di rispondere. – Lei non fuma, vero? Non ha il tempo di indulgere in perniciosi vizietti!

– Come sta Anna, adesso? – domandò Andreas, detestando quell'uomo.

– Oh, come si poteva immaginare, poverina. Mi ha pregato di scendere a darle un'occhiata. Diceva che era sicura che si stesse preoccupando per lei. – Con occhi ilari il medico guardò il tavolo della colazione. – Le è riuscito di buttar giù un boccone, vedo, eh?

– Uh-uhuu! – urlò il vento, scuotendo le imposte.

– Peccato... questo tempo, – disse il dottor Erb.

– Sì, dà sui nervi ad Anna, proprio quel che le ci vuole.

– Eh, che dice? – ribatté il medico. – I nervi! Santi numi! Anna ha i nervi due volte più a posto di noi due messi insieme. Nervi? Ce li ha d'acciaio! Una donna come lei, che si occupa della casa e scodella tre bambini in quattro anni tra una spolverata e l'altra, per così dire!

Gettò la sigaretta fumata a metà nel caminetto, e aggrottò le sopracciglia guardando la finestra.

«Adesso mi accusa anche *lui*,» pensò Andreas. «È la seconda volta, stamani... prima la mamma, e ora quest'uomo che approfitta della mia sensibilità». Non si fidava a parlare, e suonò il campanello per chiamare la servetta.

– Sparecchia la roba della prima colazione, – ordinò. – Non posso vedere questo disordine sulla tavola fino all'ora di pranzo!

– Non sia severo con la ragazza, – lo blandì il dottor Erb. – Oggi ha da fare il doppio del solito.

E qui la rabbia di Binzer scoppiò.

– La pregherei, dottore, di non interferire tra me e i miei domestici! – E nello stesso momento si sentì uno stupido per non aver detto *domestica*.

Il dottor Erb non si turbò. Scrollò la testa, si ficcò le mani in tasca e cominciò a dondolarsi sulle punte dei piedi e sui talloni.

– Lei è scosso dal tempo, – disse beffardo, – nient'altro. Un gran peccato, questo temporale. Lo sa che il clima ha un'influenza enorme sulle nascite? Una bella giornata tira su una donna, le dà coraggio per la sua fatica. Il bel tempo è necessario a un parto come ad un giorno di bucato. Niente male, questa mia ultima frase, per un fossile di professione, eh?

Andreas non rispose.

– Be', tornerò dalla mia paziente. Perché non va a fare una passeggiata per schiarirsi le idee? È quel che le ci vuole.

– No, – rispose, – non ne ho ho voglia; fa troppo brutto.

Tornò sulla sua poltrona vicino alla finestra. Mentre la servetta sparecchiava, finse di leggere... e poi, che sogni! Sembravano anni che non aveva il tempo di sognare così, non aveva mai avuto un attimo di tregua. Carico di lavoro tutto il giorno, e la sera non poteva scrollarselo di dosso come gli altri uomini. E poi, Anna se ne interessava, insieme non parlavano quasi mai d'altro. Eccellente madre sarebbe stata per un maschio; aveva i piedi per terra.

Le campane cominciarono a suonare nell'aria ventosa, ora come se fossero lontanissime, poi come se tutte le chiese della città si fossero improvvisamente trasferite in quella strada. Gli smuovevano qualcosa dentro, quelle campane, qualcosa di vago e di tenero. Proprio intorno a quell'ora, Anna lo avrebbe chiamato dall'ingresso. – Andreas, vieni a farti spazzolare la giacca. Sono pronta. – E poi sarebbero usciti, lei attaccata al suo braccio, con gli occhi alzati a guardarlo. Certo, era proprio un soldo di cacio. Si ricordò di aver detto una volta, quando erano fidanzati: – Mi arrivi giusto al cuore, – e lei era saltata su uno sgabello e gli aveva tirato giù la testa, ridendo. Una monella, a quei tempi, per natura più giovane delle sue bambine, più vivace, aveva più *slancio* e *brio*. Come gli correva incontro per la strada, quando lui tornava dal lavoro! E come rideva quando cercavano casa. Per Giove, quella risata! A quel ricordo fece un largo sorriso, poi d'improvviso si fece serio. Certo il matrimonio cambiava la donna molto più dell'uomo. Si dice che calmi un po'. Lei aveva perso tutto il suo slancio in due mesi! Be', superata questa faccenda del maschio si sarebbe rinforzata. Cominciò a progettare un viaggetto per loro due. L'avrebbe portata via e sarebbero andati a zonzo da qualche parte. Dopo tutto, perdiana, erano ancora giovani. Era diventata abitudinaria; lui l'avrebbe costretta a reagire, ecco tutto.

Si alzò in piedi, andò in salotto, chiuse accuratamente la porta e prese la fotografia di Anna da sopra il pianoforte. Indossava un abito bianco con un grande fiocco di stoffa vaporosa sotto il mento, e stava ritta, un po' rigida, con un mazzo di papaveri e spighe finte in mano. Aveva un'aria delicata già allora; era la gran massa di capelli a darle quell'aspetto. Pareva piegarsi sotto il peso delle trecce, eppure sorrideva. Andreas prese fiato bruscamente. Era sua moglie, quella ragazza. Bah!

Era una fotografia di appena quattro anni prima. Se l'avvicinò, e chinandosi la baciò. Poi strofinò il vetro col dorso della mano. In quel momento, più debole di quando l'aveva udito nel corridoio, e più terribile, Andreas udì di nuovo quel grido lamentoso. Il vento lo risucchiò in un'eco beffarda, lo soffiò sopra le case, giù per la strada, lontano da lui. Andreas spalancò le braccia: – mi sento così maledettamente impotente, – disse; e poi, rivolto al ritratto: – forse non è così tremendo come sembra, forse è la mia sensibilità. – Nella penombra del salotto il sorriso nel ritratto di Anna sembrò farsi più profondo e segreto, perfino crudele. «No,» riflettè, «quel sorriso non è per nulla la sua espressione più felice, è stato uno sbaglio lasciare che le facessero una foto mentre sorrideva così. Non sembra mia moglie, la madre di mio figlio». Sì, era questo; non sembrava la madre di un figlio che sarebbe diventato un socio della ditta. Il ritratto gli dava sui nervi; lo mise sotto luci diverse, lo guardò da lontano, di lato; parve, più tardi ad Andreas, di aver passato una vita intera a cercare di dargli un senso. Ma più ci giocava, più gli diventava antipatico. Per tre volte lo portò fino al caminetto per gettarlo dietro l'ombrellino giapponese; poi gli parve assurdo rovinare una cornice costosa. Inutile menare il can per l'aia: Anna sembrava un'estranea, abnorme, bizzarra, pareva un ritratto fatto poco prima della morte, o subito dopo.

D'improvviso si rese conto che il vento era cessato e che tutta la casa era silenziosa, terribilmente silenziosa. Freddo e pallido, con la sensazione disgustosa di avere dei ragni che gli camminavano lungo la spina dorsale e sul viso, restò in piedi al centro del salotto, ascoltando i passi del dottor Erb che scendeva le scale.

Vide il dottor Erb entrare nella stanza; e la stanza sembrò diventare un grande globo di vetro rotante, e il dottor Erb pareva nuotarvi dentro come un pesce rosso dal panciotto color perla.

«La mia diletta moglie è spirata!» Voleva gridarlo prima che il dottore parlasse.

– Be', questa volta ha pescato un maschio! – disse il dottor Erb. Andreas gli si avvicinò incespicando.

– Attento. Si tenga su, – disse il dottor Erb, afferrando il braccio di Andreas; e mormorando a quel contatto: – Molle come il burro.

Andreas si accese tutto. Era esultante.

– Ebbene, perdio! Nessuno potrà accusare proprio *me* di non sapere cosa voglia dire soffrire, – disse.

LA
BAMBINA-CHE-ERA-STANCA

Si stava incamminando lungo una stradina bianca fiancheggiata da alti alberi neri, una stradina che non portava in nessun posto e dove non passeggiava proprio nessuno, quando una mano l'afferrò per la spalla, la scosse e le diede una sberla sull'orecchio.

– Oh, oh, non mi fermate, – gridò la Bambina-che-era-stanca. – Lasciatemi andare.

– Alzati, razza di mocciosa buona a nulla, – disse una voce, – alzati e accendi la stufa, o ti cavo le ossa!

Con uno sforzo immenso aprì gli occhi, e vide la Frau in piedi vicino a lei, col bambino infagottato sotto a un braccio. Gli altri tre bambini che dividevano il letto con la Bambina-che-era-stanca, abituati agli schiamazzi, continuavano a dormire pacifici. In un angolo della stanza l'uomo si abbottonava le bretelle.

– Che cos'è questa storia di dormire tutta la notte filata come un sacco di patate? Hai fatto bagnare due volte il letto al bambino.

Lei non rispose, ma si legò i lacci del corpetto e si abbottonò l'abito di lana scozzese con le fredde dita tremanti.

– Ecco, basta così. Prendi il bambino, portalo in cucina e scalda il caffè per il padrone sul fornellino a spirito, e dagli la pagnotta di pan nero che è nel cassetto del tavolo. Non te la divorare tu, che me ne accorgo!

La Frau attraversò la stanza barcollando e si gettò sul suo

letto, sistemandosi il cuscino rosa intorno alle spalle.

In cucina era quasi buio. Appoggiò il bambino sulla cassapanca di legno, coprendolo con uno scialle; poi versò il caffè dalla brocca di coccio nel pentolino e lo mise a bollire sul fornello a spirito.

– Ho sonno, – fece, tentennando il capo, la Bambina-che-era-stanca, inginocchiata sul pavimento a spaccare in pezzettini i ciocchi di pino umidi. – Ecco perché non mi sveglio.

La stufa ci mise un'eternità ad accendersi. Forse aveva freddo, come lei, e sonno... Forse aveva sognato una stradina bianca fiancheggiata da alberi neri, una stradina che non portava in nessun posto.

Poi la porta si spalancò violentemente, e l'Uomo entrò a grandi passi.

– Be', che ci fai seduta per terra? – urlò. – Dammi il caffè. Devo andarmene. Uh! Non hai neanche pulito il tavolo!

Lei balzò in piedi, versò il caffè in una tazza di smalto e gli porse la pagnotta e un coltello: poi prese uno straccio dal lavello e lo passò su tutto il tavolo coperto di linoleum nero.

– Porca giornata... porca vita, – borbottò l'uomo seduto al tavolo, fissando attraverso la finestra il cielo illividito che pareva incombere greve sulla terra scialba. Si ficcava il pane in bocca e lo trangugiava col caffè.

La Bambina riempì un secchio d'acqua, si rimboccò le maniche, guardandosi le braccia con le sopracciglia aggrottate, come per sgridarle di essere così magre, così simili a rametti striminziti, e cominciò a lavare il pavimento.

– Smettila di buttare acqua in giro finché ci sono io, – brontolò l'uomo, – fai star zitto il bambino; non ha smesso di frignare tutta la notte.

La Bambina prese in grembo il piccolo e si sedette a cullarlo.

– Ts... ts... ts..., – disse. – Sta mettendo i canini, ecco cos'è che lo fa piangere così. E *sbava*, non ho mai visto un bambino sbavare così. – Gli asciugò la bocca e il naso con un angolo della gonna. – Certi bambini mettono i denti senza che neanche te ne accorgi, – proseguì, – e certi fanno tutte queste storie. Una volta ho sentito dire di un bambino che era morto, e gli hanno trovato tutti i denti nella pancia.

L'Uomo si alzò, staccò il mantello da un gancio dietro la porta e se lo buttò sulle spalle.

– Ne sta arrivando un altro, – disse.

– Come... un dente? – esclamò la Bambina, strappata per la prima volta, quel mattino, al suo terribile torpore, infilando un dito in bocca al bambino.

– No, – rispose lui cupo, – un altro bambino. Su, va' avanti col lavoro; è ora che gli altri si alzino per andare a scuola. – Lei restò in piedi un momento in assoluto silenzio, ascoltando i passi pesanti di lui nel corridoio di pietra, poi sulla ghiaia del sentiero, e infine lo sbattere del cancello d'ingresso.

«Un altro bambino! Non ha *ancora* finito di averne quella?» pensò la Bambina. «Due che mettono i canini... due che mi fanno alzare la notte, due da portare in giro e lavargli le fasce schifose!» Guardò con orrore quello che teneva in braccio e lui, quasi avesse intuito l'avversione sprezzante del suo sguardo stanco, strinse i pugni, s'irrigidì e cominciò a strillare a squarciagola.

– Ts... ts... ts... – Lo posò sulla cassapanca e tornò a lavare il pavimento. Lui non smise di piangere un momento, ma lei ci si era abituata a tal punto che muoveva la scopa a tempo. Oh, com'era stanca! Oh, che peso il manico della scopa e che tormento quella fitta che le bruciava proprio dietro il collo, e quella strana contrazione nella schiena, all'altezza della vita, come se qualcosa stesse per spezzarsi.

L'orologio batté le sei. Infilò la pentola del latte nella stufa e andò nella camera accanto per svegliare e vestire i tre bambini. Anton e Hans giacevano insieme in un atteggiamento di mutua amicizia assolutamente inesistente al di fuori delle ore di sonno. Lena se ne stava raggomitolata, con le ginocchia sotto il mento, e soltanto una treccina di capelli che spuntava sopra il cuscino.

– Alzatevi, – esclamò la Bambina con un tono molto autoritario, tirando via le coperte e dando un bel po' di colpetti e spinte ai maschi. – È mezz'ora che vi chiamo. È tardi; farò la spia se non vi vestite immediatamente.

Anton si svegliò quanto bastava per girarsi e dare un calcio a Hans nelle parti molli, al che Hans tirò la treccina a Lena finché questa non si mise a strillare chiamando la mamma.

– Oh, sta' zitta, – sussurrò la Bambina. – Forza, alzatevi e vestitevi. Altrimenti lo sapete cosa succederà. Ecco... vi aiuto io.

Ma l'ammonimento arrivò troppo tardi. La Frau scese dal letto, andò in cucina con passo deciso e tornò con una fascina legata da una grossa corda. Uno dopo l'altro si stese i bambini sulle ginocchia e li batté forte, riservando un'ultima esplosione d'energia sulla Bambina-che-era-stanca, poi tornò a letto con la piacevole sensazione di aver adempiuto per quel giorno ai suoi doveri materni. Molto mogi, i tre si lasciarono vestire e lavare dalla Bambina, che allacciò perfino le scarpe ai maschi, avendo imparato per esperienza che, lasciati a loro stessi, avrebbero saltato qua e là per almeno cinque minuti in cerca d'un appoggio comodo per il piede, e poi, si sarebbero sputati sulle mani, e avrebbero strappato i lacci.

Mentre dava loro la colazione, fecero un gran fracasso, e il bambino non smise mai di piangere. Riempito di latte il bollitore di stagno, vi legò la tettarella di gomma e, dopo averla inumidita con le labbra, cercò con paroline carezzevoli di farlo bere; ma lui gettò il biberon per terra, con un fremito in tutto il corpo.

– I canini! – urlò Hans, colpendo Anton sulla testa con la tazza vuota, – ha i denti che fanno un male cane.

– Spiritoso! – ribatté Lena facendogli le linguacce, e poi, quando lui fece subito altrettanto, gridò a squarciagola: – Mamma, Hans mi fa le boccacce!

– Brava, – disse Hans, – continua a urlare, e stasera quando sarai a letto aspetterò che tu ti sia addormentata e poi ti striscerò accanto e ti prenderò un pezzettino di braccio e te lo pizzicherò e pizzicherò finché... – Si chinò sul tavolo facendo a Lena le smorfie più spaventose, senza accorgersi che dietro la sua sedia c'era Anton, finché il ragazzino che si chinò per sputargli sulla testa rapata.

– Oh, come! Basta!

La Bambina-che-era-stanca li separò a suon di spinte e strattoni, li avvoltolò nei cappotti e li spedì fuori di casa.

– Presto, presto! È suonata la seconda campanella, – li esortò, sapendo perfettamente che non era vero e se ne compiacque. Lavò le stoviglie della colazione, poi scese nello scantinato per cercare le patate e le barbabietole.

Che posto strano e freddo era lo scantinato! Con le patate ammucchiate in un angolo, le barbabietole in una vecchia cassetta da candele, due mastelli di crauti e un groviglio di radici di dalie, che sembravano vive come se stessero azzuffandosi, pensò la Bambina.

Raccolse le patate nella gonna, scegliendo quelle grandi con pochi germogli perché erano più facili da sbucciare, e, chinandosi su quel mucchio scialbo nella cantina muta, cominciò a dondolare il capo.

– Ehi, che cosa fai laggiù? – gridò la Frau dalla cima delle scale. – Il bambino è caduto dalla cassapanca e si è fatto un bernoccolo grande come un uovo sull'occhio. Vieni su, che ti faccio vedere io!

– Non sono stata io, non sono stata io! – strillò la Bambina, sbattuta da una parte all'altra dell'ingresso a furia di botte, con le patate e le barbabietole che le rotolavano giù dalla gonna.

La Frau sembrava gigantesca, e in tutti i suoi movimenti c'era una pesantezza che la rendeva terrificante agli occhi di un essere così piccolo.

– Siediti nell'angolo, sbuccia e lava la verdura e tieni il bambino tranquillo mentre io faccio il bucato.

Lei obbedì piagnucolando, ma quanto a tenere il bambino tranquillo, era impossibile. Il viso gli bruciava, aveva la testa coperta da goccioline di sudore, e piangendo irrigidiva il corpo. Lo tenne sulle ginocchia, tra una pentola d'acqua fredda per la verdura pulita e il «secchio delle oche» per le bucce.

– Ts... ts... ts...! – mormorò, raschiando e tagliando. – Tra un po' ne arriverà un altro, e non potete continuare a piangere tutti e due. Perché non ti addormenti, piccolino? Io lo farei, se fossi in te. Ti racconterò un sogno. C'era una volta una stradina bianca...

Buttò il capo all'indietro, un grande groppo le strinse la gola, e poi le lacrime le corsero giù per il viso e sulla verdura.

– È inutile, – disse la Bambina scuotendo la testa per cacciarle via. – Smetti di piangere, bimbo, finché non ho finito qui, e poi ti porto a spasso avanti e indietro.

Ma allora doveva stendere il bucato per la Frau. Si era levato il vento. Stando in punta di piedi, nel cortile, si sentiva quasi trascinare via. Dal recinto delle anatre, mezzo pieno di letame melmoso, proveniva un cattivo odore, ma lontano nel prato si vedeva l'erba ondeggiare come esile peluria verde. E ricordò di aver sentito dire che una volta una bambina aveva giocato per un giorno intero in un prato come quello, con vere salsicce e birra per cena, senza nemmeno un briciolo di stanchezza. Chi le aveva raccontato quella storia? Non se lo ricordava, eppure era così vivida.

I panni bagnati le sbattevano in faccia mentre li stendeva; danzavano e dondolavano sul filo, si gonfiavano e si torcevano. Tornò verso la casa a passi lenti, guardando con grande desiderio l'erba del prato.

– Cosa devo fare adesso, per favore? – disse.

– Rifai i letti e appendi il materasso del bambino fuori dalla finestra, poi prendi la carrozzina e portalo a fare una passeggiatina per la strada. Davanti alla casa, bada, dove posso vederti. Non restare lì a bocca aperta! Poi, quando ti chiamo, vieni ad aiutarmi a tagliare l'insalata.

Quando ebbe rifatto i letti, la Bambina rimase a guardarli. Diede un colpetto carezzevole al cuscino, e poi, per un momento solo, ci appoggiò la testa. Riecco in gola il groppo doloroso, e le stupide lacrime che cadevano incessanti, mentre vestiva il bambino e trascinava la carrozzina su e giù per la strada.

Passò un uomo che guidava un carro di buoi. Portava sul cappello una lunga piuma bizzarra, e fischiò mentre passava. Due ragazze con delle fascine sulle spalle arrivarono a piedi dal villaggio, una aveva in testa un fazzoletto rosso e l'altra blu. Ridevano e si tenevano per mano. Poi il sole mise in fuga un folto branco di nuvole grigie, e sparse su ogni cosa una calda luce gialla.

«Forse,» pensò la Bambina-che-era-stanca, «se camminassi abbastanza su per questa strada ne troverei una piccola e bianca fiancheggiata dagli alti alberi neri... una stradina...»

– L'insalata, l'insalata! – gridò dalla casa la voce della Frau.

Ben presto i bambini tornarono da scuola, il pranzo fu consumato, l'Uomo, oltre alla sua, prese la porzione di budino della Frau, e i tre bambini sembravano sbrodolarsi addosso tutto quel che mangiavano. Poi, altra lavata di piatti e pulizie, e badare al bambino. Così si trascinò il freddo pomeriggio.

Venne la vecchia Frau Grathwohl con un pezzo di carne fresca di maiale per la Frau e la Bambina le ascoltò pettegolare insieme.

– Frau Manda ha fatto il «viaggio a Roma» ieri sera, ed è ritornata con una figlia. Tu come ti senti?

– Ho vomitato due volte, stamani, – disse la Frau. – Ho le budella tutte attorcigliate, a forza di avere bambini uno dietro l'altro.

– Vedo che hai una nuova ad aiutarti, – commentò la vecchia Mamma Grathwohl.

– Oh, santo cielo, – la Frau abbassò la voce, – non la conosci? È la bastardella, figlia della cameriera della stazione. Hanno trovato la madre che cercava d'infilarle la testa nella brocca del catino, e la bambina è mezza scema.

– Ts... ts... ts...! – sussurrò la *bastardella* al bambino.

Mentre la giornata si chiudeva, la Bambina-che-era-stanca non sapeva più come lottare contro il sonno. Aveva paura sia di sedersi che di restare in piedi. A cena, mentre li guardava, le parve che l'Uomo e la Frau si gonfiassero fino a diventare giganteschi, e poi diventassero più piccoli delle bambole, con due vocine che sembravano venire fuori della finestra. Se guardava il bambino, d'un tratto aveva due teste, e subito dopo neanche una. Anche il suo piagnucolio la faceva sentire peggio. Pensando che era vicina l'ora di andare a letto, tremava tutta di gioiosa eccitazione. Ma poco prima delle otto ci fu un rumore di ruote sulla strada, e poco dopo entrò

un gruppo di amici che veniva a passare la serata.
E allora di nuovo:
– Metti su il caffè.
– Portami il barattolo dello zucchero.
– Prendi le sedie della camera da letto.
– Apparecchia.
E infine la Frau la mandò nella stanza vicina per tener tranquillo il bambino.

Nel candeliere di smalto bruciava un mozzicone di candela. Mentre camminava su e giù, vedeva la sua ombra enorme sulla parete, come una persona grande con un bambino grande. Cosa sarebbe mai sembrata quando avrebbe portato in braccio due bambini!

– Ts... ts... ts...! C'era una volta una bambina che camminava lungo una stradina bianca fiancheggiata da tanti alberi neri alti così.

– Ehi, tu! – chiamò la voce della Frau. – Portami la giacca nuova che è appesa dietro la porta. – E mentre gliela portava nella stanza calda, una delle donne disse: – Somiglia a un gufo. È raro che i bambini come lei abbiano tutte le rotelle a posto.

– Perché non fai star zitto quel bambino? – disse l'Uomo, che aveva bevuto abbastanza birra da sentirsi spavaldo e padrone in casa sua.

– Se non fai star zitto quel bambino, dopo te la farò vedere io.

Scoppiarono a ridere, mentre lei tornava barcollando in camera da letto.

– Credo che neanche la Beata Vergine riuscirebbe a farlo star zitto, – mormorò lei. – Gesù piangeva così, quand'era piccolo? Se non fossi tanto stanca forse ce la farei; ma il bambino lo sa, che vorrei andare a dormire. E ce ne sarà un altro.

Gettò il bambino sul letto e rimase in piedi a guardarlo con orrore.

Dalla stanza vicina giunse un tintinnio di bicchieri e il suono caldo delle risate.

E all'improvviso ebbe un'idea bellissima, meravigliosa.

Per la prima volta, quel giorno, rise e batté le mani.

– Ts... ts... ts...! – fece. – Sta' lì, stupidino; ora ti *addormenterai* per forza. Non piangerai più e non ti sveglierai di notte. Bambino buffo, piccolo e brutto.

Lui aprì gli occhi e strillò forte alla vista della Bambina-che-era-stanca. Dalla stanza vicina sentì la Frau che la chiamava.

– Un momento, è quasi addormentato, – gridò.

E poi dolcemente, sorridendo, in punta di piedi, prese il cuscino rosa dal letto della Frau e coprì il viso del bambino, premendo con tutte le sue forze mentre lui si dibatteva «come un'anatra decapitata che si contorce» pensò lei.

Tirò un lungo sospiro, poi cadde all'indietro sul pavimento e camminò lungo una stradina bianca fiancheggiata da alti alberi neri, una stradina che non portava in nessun posto, e dove non passeggiava nessuno, proprio nessuno.

LA SIGNORA EVOLUTA

Pensa che potremmo invitarla a venire con noi? – disse Fräulein Elsa, riannodando il nastro rosa della fusciacca davanti al mio specchio. – Sa, per quanto sia così intellettuale, non posso fare a meno di credere che abbia qualche dolore segreto. E stamani Lisa mi ha detto, mentre mi rifaceva la stanza, che se ne sta per ore e ore sola a scrivere; Lisa dice addirittura che sta scrivendo un libro! Immagino sia questa la ragione per cui non le interessa mescolarsi a noi, e ha così poco tempo per suo marito e la bambina.

– Be', la inviti *lei*, – dissi. – Io non le ho mai rivolto la parola.

Elsa arrossì lievemente. – Io le ho parlato una volta sola, – confessò. – Le ho portato in camera un mazzo di fiori di campo, e lei è venuta ad aprirmi con indosso una vestaglia bianca e i capelli sciolti. Non dimenticherò mai quel momento. Ha preso i fiori disinvolta, e mentre m'incamminavo lungo il corridoio, visto che la porta non era chiusa bene, l'ho sentita che diceva: «Purezza, fragranza, la fragranza della purezza e la purezza della fragranza!» È stato meraviglioso!

In quel momento Frau Kellermann bussò alla porta.

– Siete pronte? – disse, entrando in camera e salutandoci cordialmente con un cenno del capo. – I signori aspettano sui gradini, e ho invitato la Signora Evoluta a venire con noi.

– *Na*, che cosa fantastica! – esclamò Elsa.

– Proprio un momento fa io e la *gnädige Frau* stavamo discutendo se...

– Sì, l'ho incontrata che usciva dalla sua camera e ha detto che l'idea era incantevole. Come tutti noi, non è mai stata a Schlingen. Ora è di sotto che parla con Herr Erchardt. Credo che trascorreremo un pomeriggio delizioso.

– Anche Fritzi ci sta aspettando? – chiese Elsa.

– Ma certo, bambina cara, è impaziente come un uomo che ha fame e aspetta la campanella della cena. Corra!

Elsa corse via e Frau Kellermann mi sorrise con aria d'intesa. In passato lei e io ci eravamo rivolte la parola di rado, dato che l'«unica gioia che le era rimasta», il suo delizioso piccolo Karl, non era mai riuscito a far divampare quelle scintille di maternità che si suppone ardano copiose sull'altare di ogni rispettabile cuore femminile; ma, in vista di una gita organizzata insieme, diventammo deliziosamente cordiali.

– Per noi, – disse, – la gioia sarà doppia. Potremo goderci la felicità di quei due cari ragazzi, Elsa e Fritz. Hanno ricevuto appena ieri mattina gli auguri dei loro genitori. È una cosa stranissima, ma ogni volta che mi trovo in compagnia di una coppia di fidanzati rifiorisco. Le coppie appena fidanzate, le madri col primo bambino e i moribondi mi fanno esattamente lo stesso effetto. Vogliamo raggiungere gli altri?

Avevo voglia di chiederle perché mai i moribondi dovrebbero indurre qualcuno a sbocciare, ma dissi: – Sì, andiamo.

Sui gradini della pensione fummo accolti dal gruppo degli «ospiti in cura» con quelle grida di gioia e di eccitazione che preannunciano così amabilmente la più dolce delle gite tedesche. Herr Erchardt e io quel giorno non ci eravamo ancora visti, perciò, in ossequio alla regola rigorosa della pensione, ci domandammo se avevamo dormito bene durante la notte, se avevamo fatto dei bei sogni, a che ora ci eravamo alzati, se il caffè era stato appena fatto quando eravamo scesi per la prima colazione, e come avevamo passato la mattinata. Arrivati a fatica in cima a questa scala di cortesia nazionale, trionfanti e sorridenti, ci fermammo a riprendere fiato.

– E ora, – disse Herr Erchardt, – ho una bella sorpresa in serbo per lei. *Frau Professor* sarà dei nostri, questo pomeriggio. Sì, – fece, annuendo graziosamente in direzione della Signora Evoluta. – Permettetemi di presentarvi.

Ci inchinammo cerimoniosamente, scambiandoci una di quelle famose «occhiate di falco», chiamate così anche se sono molto più caratteristiche della donna che di quell'uccello assolutamente inoffensivo. – Mi pare di capire che lei è inglese, vero? – disse. Confermai. – Sto leggendo una grande quantità di libri inglesi in questo periodo, anzi li sto studiando.

– *Nu* – esclamò Herr Erchardt. – Pensate un po'! Che legame è già questo! Ho deciso di conoscere Shakespeare nella sua lingua madre, prima di morire; ma pensare che lei, Frau Professor, è già immersa in quei pozzi del pensiero inglese!

– Da quanto ne ho letto, – rispose lei, – non mi pare siano pozzi molto profondi.

Lui annuì con complicità.

– No, – rispose, – così ho sentito dire... Ma non roviniamo la gita alla nostra cara amica inglese. Ne parleremo un'altra volta.

– *Nu*, siamo pronti? – gridò Fritz, che stava in fondo ai gradini, sostenendo con la mano il gomito di Elsa. Ci accorgemmo immediatamente che Karl era scomparso.

– Ka-rl, Karl-chen! – gridammo. Nessuna risposta.

– Ma era qui un momento fa, – disse Herr Langen, un giovane pallido, stanco, che si stava rimettendo da un esaurimento nervoso dovuto alla molta filosofia e al poco nutrimento. – Stava seduto qui a togliere gli ingranaggi del suo orologio con una forcina!

Frau Kellermann lo aggredì. – Intende dire, mio caro Herr

Langen, che non ha tentato di fermare il bambino?

— No, — disse Herr Langen, — avevo già tentato di fermarlo altre volte.

— *Da*, quel bambino ha un'energia! Ha sempre il cervello in movimento. Una ne fa e cento ne pensa.

— Forse ora sarà passato all'orologio della sala da pranzo, — suggerì Herr Langen, detestabilmente speranzoso.

La Signora Evoluta propose di partire senza di lui. — Io non porto la mia figlioletta alle passeggiate, — disse. — L'ho abituata a starsene tranquilla in camera mia dal momento in cui esco fino al mio ritorno!

— Eccolo... eccolo, — cinguettò Elsa, e si vide Karl scivolare giù da un castagno e senz'altro furono i ramoscelli ad avere la peggio.

— Sono stato a sentire quel che dicevate di me, mami, — confessò, mentre Frau Kellermann lo spazzolava da capo a piedi. Non era vera la storia dell'orologio. Lo guardavo e basta, e quella bambina non ci sta mai in camera. Me l'ha detto lei che va sempre giù in cucina, e...

— *Da*, basta così! — disse Frau Kellermann.

Marciammo *en masse* lungo la strada della stazione. Era un pomeriggio molto caldo, e gruppi ininterrotti di «ospiti in cura», che stavano offrendo alla digestione una tranquilla boccata d'aria nei giardini delle pensioni, ci chiamavano per chiederci se andavamo a fare una passeggiata, e gridavano: — *Herr Gott*... felice gita — con malcelata soddisfazione quando nominavamo Schlingen.

— Ma sono otto chilometri! — tuonò un vecchio dalla barba bianca, appoggiato a un recinto, che si sventolava con un fazzoletto giallo.

— Sette e mezzo, — rispose seccamente Herr Erchardt.

— Otto, — sbraitò il saggio.

– Sette e mezzo!
– Otto!
– Quell'uomo è pazzo, – disse Herr Erchardt.
– Be', lo lasci esser pazzo in santa pace, – esclamai, coprendomi le orecchie con le mani.
– Non si deve permettere che una tale ignoranza resti incontrastata, – disse lui e, voltandoci le spalle, troppo esausto per gridare oltre, alzò sette dita e mezzo.
– Otto! – tuonò il barbongrigio con intatta freschezza.

L'entusiasmo ci era parecchio sbollito, e non ci riprendemmo finché non arrivammo a un cartello bianco che ci supplicava di lasciare la strada per avviarci lungo il sentiero campestre, senza calpestare più erba del necessario. Deducemmo che il significato ultimo del cartello dovesse essere «camminare in fila indiana», il che era quanto mai penoso per Elsa e Fritz. Karl, da bambino felice qual'era, ci precedeva a capriole, recidendo più fiori possibili col manico del parasole di sua madre; seguivano gli altri tre, poi io, e in coda gli innamorati. E oltre alla conversazione del gruppo di testa, avevo il privilegio di udire i loro deliziosi sussurri.

Fritz: – Mi ami? – Elsa: – *Nu*... sì. – Fritz, appassionato: – Ma quanto mi ami? – Al che Elsa non rispondeva mai, o piuttosto con un: – *Tu*, quanto *mi* ami?

Fritz sfuggiva a quella trappola tipicamente cristiana dicendo: – Te l'ho chiesto prima io.

La cosa diventò così imbarazzante che m'infilai davanti a Frau Kellermann, e camminai nella piacevole consapevolezza che lei stava rifiorendo e io non ero affatto costretta a informare nemmeno i parenti e gli amici più stretti della precisa entità del mio affetto. «Che diritto hanno di rivolgersi domande simili il giorno dopo aver ricevuto gli auguri dei genitori?» riflettevo. «Anzi, che diritto hanno di farsi delle domande? L'amore che diventa fidanzamento e matrimonio è una faccenda puramente affermativa: stanno usurpando i privilegi di chi è più saggio di loro!».

Il campo si sfrangiava in un'immensa pineta, d'aspetto piacevolissimo e fresco. Un secondo cartello ci pregava di seguire il largo sentiero che portava a Schlingen, depositando all'uòpo cartacce e bucce in contenitori di fil di ferro appesi appositamente alle panchine. Ci sedemmo sulla prima mentre Karl, molto incuriosito, esplorava il ricettacolo di fil di ferro.

– Amo i boschi, – disse la Signora Evoluta rivolgendo un sorriso compassionevole all'aria. – Nel bosco sembra già che i capelli mi si agitino e ricordino qualcosa della loro origine selvaggia.

– Ma è proprio vero – disse Frau Kellermann dopo una pausa di riflessione – che per il cuoio capelluto non c'è niente di meglio dell'aria delle pinete.

– Oh, Frau Kellermann, la prego, non spezzi l'incanto! – disse Elsa.

La Signora Evoluta la guardò con molta complicità. – Ha scoperto anche lei il cuore magico della Natura? – chiese.

Questa frase servì da spunto a Herr Langen. – La Natura non ha cuore, – disse con l'amara prontezza degli iperfilosofici denutriti. – Crea ciò che può distruggere. Mangia ciò che può vomitare e vomita ciò che può mangiare. Ecco perché noi, che siamo obbligati a trascinarci ai suoi piedi, pronti a calpestarci, giudichiamo folle il mondo e ci rendiamo conto della mortale volgarità della produzione.

– Giovanotto, – lo interruppe Herr Erchardt, – lei non ha mai vissuto e non ha mai sofferto!

– Oh, mi scusi, e lei come lo sa?

– Lo so perché me l'ha detto lei, punto e basta. Torni su questa panchina tra dieci anni e mi ripeta le stesse parole,

– disse Frau Kellermann tenendo d'occhio Fritz, occupato a contare le dita di Elsa con fervore appassionato, – e porti con sé la sua giovane moglie, Herr Langen, e osservi magari i suoi bambini giocare con... – Si volse verso Karl, il quale aveva scovato nel contenitore un vecchio giornale illustrato e stava compitando ad alta voce un annuncio pubblicitario su come ingrandire un Bel Seno.

La frase restò a metà. Decidemmo di proseguire. Addentrandoci sempre più nel bosco, il morale ci si risollevò, al punto da far esplodere in un canto i tre uomini, – *O Welt, wie bist du wunderbar!* [18] – il cui basso era eseguito con voce lacerante da Herr Langen, che si sforzava, senza alcun successo, di infondervi dell'ironia, in accordo con la sua «visione del mondo». Camminavano di buon passo, e noi ci affannavamo a seguirli, accaldate e felici.

– Ora è il momento giusto, – disse Frau Kellermann. – Cara Frau Professor, ci parli un po' del suo libro.

– *Ach*, come ha saputo che ne sto scrivendo uno? – esclamò l'altra scherzosamente.

– Elsa, qui, l'ha saputo da Lisa. E finora non ho mai conosciuto personalmente una donna che stesse scrivendo un libro. Come fa a trovare abbastanza da scrivere?

– Il problema non è mai quello, – disse la Signora Evoluta, prese il braccio di Elsa e vi si appoggiò dolcemente. – Il problema è capire quando fermarsi. Da anni il mio cervello è un alveare, e circa tre mesi fa le acque rattenute mi hanno invaso l'anima e da allora scrivo tutto il giorno fino a notte fonda, trovando motivi di ispirazione sempre nuovi e pensieri che impazienti battono le ali intorno al mio cuore.

– È un romanzo? – chiese Elsa timidamente.

---

18   *O Welt, wie bist du wunderbar!*: O mondo, come sei meraviglioso!

– Certo che è un romanzo, – dissi io.

– Come può esserne così sicura? – fece Frau Kellermann, lanciandomi un'occhiata severa.

– Perché solo un romanzo potrebbe produrre un effetto simile.

– *Ach*, non litigate, – disse dolcemente la Signora Evoluta. – Sì, è un romanzo: sulla Donna Moderna. Perchè questa mi sembra l'ora della donna. È misterioso e quasi profetico, l'immagine simbolica della vera donna evoluta: non una di quelle creature violente che rinnegano il loro sesso e soffocano le loro fragili ali sotto... sotto...

– Un vestito su misura inglese di taglio maschile? – fece la voce di Frau Kellermann.

– Non intendevo metterla in questi termini. Piuttosto sotto l'abito menzognero della falsa mascolinità!

– Che distinzione sottile! – mormorai.

– Chi dunque, – chiese Fräulein Elsa, guardando con adorazione la Signora Evoluta, – chi dunque per lei è da considerarsi una vera donna?

– È l'incarnazione dell'Amore che tutto abbraccia!

– Ma, mia cara Frau Professor, – protestò Frau Kellermann, – deve ricordarsi che al giorno d'oggi si hanno così poche occasioni per esprimere Amore in famiglia! Il marito è dietro ai suoi affari tutto il giorno, e naturalmente quando torna a casa desidera dormire; i figli non fanno in tempo a scenderci dalle ginocchia che entrano all'università, e noi non abbiamo avuto il tempo di prodigar loro niente!

– Ma Amare non vuol dire prodigare, – disse la Signora Evoluta. – E il lume che portiamo in seno, che tocca con raggi sereni le vette e gli abissi del...

– L'Africa nera, – mormorai in modo irriverente.

Lei non sentì.

– L'errore che abbiamo commesso in passato, come sesso, – disse – è stato di non esserci rese conto che le nostre facoltà di donare sono fatte per il mondo intero, siamo il felice sacrificio di noi stesse!

– Oh! – esclamò Elsa, rapita, e quasi scoppiando di doni a ogni respiro, – lo so bene! Sa, da quando Fritz e io ci siamo fidanzati, provo il desiderio di dare a tutti, di condividere tutto!

– Estremamente pericoloso, – dissi io.

– È solo la bellezza del pericolo, o il pericolo della bellezza, – disse la Signora Evoluta, – e qui avete l'ideale del mio libro: la donna non è altro che un dono.

Le sorrisi molto dolcemente. – Sa, – dissi, – anche a me piacerebbe scrivere un libro, sull'opportunità di badare alle figlie, di portarle a prendere aria e di tenerle lontane dalle cucine.

Credo che l'elemento maschile avesse percepito queste vibrazioni d'ira: smisero di cantare, e insieme ci arrampicammo fuori dal bosco, per vedere Schlingen sotto di noi, annidata in un cerchio di colline, con le case bianche che scintillavano al sole – proprio identiche a uova in un nido d'uccello, – dichiarò Herr Erchardt. Scendemmo a Schlingen e ordinammo latte acido con panna fresca e pane alla Locanda del Cervo Dorato, un locale molto accogliente, coi tavoli in un roseto, dove scorrazzavano polli e galline, piombando addirittura sui tavoli in disuso e becchettando i quadratini rossi delle tovaglie. Spezzammo il pane nelle scodelle, aggiungemmo la panna e mescolammo con cucchiai piatti di legno, mentre l'oste e la moglie ci stavano accanto in piedi.

– Tempo splendido! – disse Herr Erchardt agitando il cucchiaio in direzione dell'oste, che si strinse nelle spalle.

– Come?... non lo chiama splendido?

– Se le fa piacere, – fece l'oste, che evidentemente ci disprezzava.

– Una passeggiata così bella, – disse Fräulein Elsa, facendo libero dono all'ostessa del suo più affascinante sorriso.

– Io non cammino mai, – disse questa. – Quando vado a Mindelbau il mio uomo mi porta sul carro, ho cose più importanti da fare con le gambe che farle camminare nella polvere!

– Mi piace questa gente, – mi confessò Herr Langen. – Mi piace molto, moltissimo. Credo che fisserò una stanza qui per tutta l'estate.

– Perché?

– Oh, perché vivono vicino alla terra, e perciò la disprezzano.

Allontanò la sua scodella di latte acido e accese una sigaretta. Mangiammo concentrati e seri, finché quei sette chilometri e mezzo che ci separavano da Mindelbau ci si distesero davanti come un'eternità. Perfino l'attivissimo Karl era così satollo che si stese per terra e si tolse la cintura di cuoio. Elsa ad un tratto si chinò verso Fritz sussurrando, e lui, dopo averla ascoltata fino alla fine e averle chiesto se lo amava, si alzò e fece un piccolo discorso.

– Noi... noi desideriamo festeggiare il nostro fidanzamento invitando... invitando tutti voi a tornare indietro con noi sul carro dell'oste... se... se ci stiamo tutti!

– Oh, che bellissima, nobile idea! – esclamò Frau Kellermann, tirando un sospiro di sollievo che le fece saltar via due gancetti.

– È il mio piccolo dono, – disse Elsa alla Signora Evoluta, la quale, in virtù delle tre porzioni consumate, per poco non pianse lacrime di gratitudine.

Pigiati nel carro agricolo guidato dall'oste, il quale dimostrava il proprio disprezzo per la madre terra sputando con violenza di tanto in tanto, sobbalzammo fino a casa e più ci avvicinavamo a Mindelbau, più l'amavamo e più ci amavamo l'un l'altro.

– Dobbiamo fare altre gite come questa, – mi disse Herr Erchardt, – perché è certamente nella semplice cornice dell'aria aperta che s'imparano a conoscere le persone, si *condividono* le stesse gioie, ci si sente amici. Come dice il vostro Shakespeare? Un momento, ci sono. Gli amici che hai e di fede provata, agganciali all'anima con anelli d'acciaio!

– Però, – dissi, sentendomi assai cordiale verso di lui, – il guaio è che la mia anima proprio si rifiuta di agganciare chicchessia e sono sicura che il peso morto della fede provata di un amico la ucciderebbe immediatamente. Finora non ha mai mostrato il minimo segno di un anello d'acciaio!

Mi urtò le ginocchia e si scusò per sé e per il carro.

– Cara e graziosa signora, non deve prendere alla lettera quella citazione. Naturalmente, non si è consci fisicamente degli anelli d'acciaio; ma di anelli ce ne sono nell'anima di colui o di colei che ama il prossimo... Per esempio, prenda questo pomeriggio. Con che spirito ci siamo incamminati? Come sconosciuti, si potrebbe quasi dire, eppure, tutti quanti, come torniamo a casa?

– Su un carro, – disse l'unica gioia rimasta, che era seduta in grembo alla madre e aveva la nausea.

Costeggiammo il campo che avevamo attraversato e deviammo dalla parte del cimitero. Herr Langen si sporse oltre il bordo del sedile e salutò le tombe. Era seduto vicino alla Signora Evoluta, al riparo della sua spalla. La udii che gli mormorava: – Lei sembra un bambino, con quei capelli scarmigliati dal vento. – Herr Langen, appena meno amaro del solito, guardò scomparire le ultime tombe. E la udii mormorare: – Perchè è tanto triste? Anch'io a volte sono molto triste, ma... lei mi sembra abbastanza giovane perché io possa osare di dirle questo. Io... conosco... anche molta gioia!

– Che cosa conosce? – domandò lui.

Mi sporsi e toccai la mano della Signora Evoluta. – Non è stato un bel pomeriggio? – dissi in tono inquisitivo. – Ma sa, quella sua teoria sulle donne e sull'Amore, è vecchia come il mondo e anche più!

Dalla strada un improvviso grido di trionfo. Sì, rieccolo, barba bianca, fazzoletto di seta e indomito entusiasmo.

– Che vi avevo detto? Otto chilometri, otto!

– Sette e mezzo! – urlò Herr Erchardt.

– Allora perché rientrate con il carro? Devono essere otto chilometri.

Herr Erchardt fece imbuto con le mani e si alzò in piedi sul carro traballante, mentre Frau Kellermann gli ghermiva le ginocchia. – Sette e mezzo!

– L'ignoranza non deve rimanere incontrastata! – dissi alla Signora Evoluta.

L'OSCILLAZIONE
DEL PENDOLO

La padrona di casa bussò alla porta.
– Avanti, – disse Viola.
– C'è una lettera per lei, – disse la padrona di casa, – è urgente. – Teneva la busta verde in un angolo del grembiule sporco.

– Grazie. – Viola, che inginocchiata sul pavimento attizzava la stufetta polverosa, tese la mano. – Con risposta?

– No, il fattorino se n'è andato.

– Oh, bene! – Non la guardò in faccia; si vergognava di non averle pagato l'affitto, e si domandò cupa, senza speranza, se la donna avrebbe ricominciato con le sue sfuriate.

– A proposito dei soldi che mi deve... – disse la padrona di casa.

«Oh Signore, rieccola!» pensò Viola, voltando le spalle alla donna e facendo una smorfia alla stufa.

– O, paga, o se ne va. – La padrona di casa alzò la voce; si mise a berciare. – Sono una signora, io, una donna rispettabile, lo sa? Non voglio pidocchi in casa mia, che s'infilano nei mobili e fanno fuori tutto quanto. I soldi... oppure via di qua prima di domani a mezzogiorno.

Viola intuì più che vedere il gesto della donna. Tese in avanti il braccio con un moto inconsulto, come se un sudicio piccione le fosse volato improvvisamente in faccia. «Schifosa bestiaccia! Uff! E l'odore che ha... come di formaggio ammuffito e bucato umido».

– Benissimo, – rispose lei seccamente. – O i soldi o me ne vado domani. Va bene: non urli.

Era straordinario: sempre, prima che questa donna le si avvicinasse, tremava da capo a pie', e perfino il rumore di quei piedi piatti che salivano pesanti le scale le dava la nausea; ma una volta che l'aveva di fronte si sentiva immensamente calma e indifferente, e non capiva perché mai si preoccupasse dei soldi, né perché sgusciasse via di casa in punta di piedi senza neanche osare chiudersi la porta alle spalle, temendo che la padrona sentisse e urlasse qualcosa di terribile, né perché passasse le serate a camminare su e giù per la camera, fermandosi d'improvviso davanti allo specchio dicendo alla tragica figura riflessa: – Soldi, soldi, soldi! – Quando era sola, la sua povertà aveva il peso di una montagna da incubo in cui i suoi piedi avevano messo salde radici, dolenti per l'enormità della cosa, ma se si trattava di passare all'azione, senza perdere tempo a fantasticare, la montagna da incubo si riduceva a un'animalesca faccenda da «tapparsi il naso» e da superare il più presto possibile, con rabbia e un forte senso di superiorità.

La padrona di casa schizzò fuori dalla stanza e sbatté così forte la porta che questa traballò e vibrò come se avesse sentito la conversazione e solidarizzasse pienamente con la vecchia megera.

Accoccolata sui talloni, Viola aprì la lettera. Era di Casimir.

« Sarò da te alle tre di questo pomeriggio, e devo ripartire stasera. Tutte le notizie quando ci vediamo. Spero che tu sia più felice di me.

CASIMIR. »

«Uh! Che gentilezza!» sogghignò lei. «Che condiscendenza! Troppo buono da parte tua, davvero!» Balzò in piedi, appallottolando la lettera in mano. «E come fai a sapere che me ne starò qui ferma ad aspettare i tuoi comodi, fino alle tre del pomeriggio?» Ma sapeva che l'avrebbe fatto: la sua collera era sincera solo a metà. Moriva dalla voglia di vedere Casimir, perché stavolta confidava che sarebbe riuscita a fargli capire la situazione... – Perchè, così com'è, è intollerabile, intollerabile, – borbottò.

Erano le dieci di un grigio mattino, stranamente illuminato da pallidi lampi di sole. Frugata da quei lampi, la sua camera appariva disordinata e sordida. Tirò giù le veneziane, ma davano una luce persistente, biancastra, altrettanto sgradevole. L'unico tocco di vita nella stanza era il vaso di giacinti regalatole dalla figlia della padrona di casa: stava sul tavolo ed emanava dai petali carnosi un profumo nauseante; c'erano perfino dei floridi boccioli che si aprivano, e le foglie luccicavano, oleate.

Viola si avvicinò al lavamano, versò un po' d'acqua nel catino di smalto e si lavò il viso e il collo con la spugna. Immerse il viso nell'acqua, aprì gli occhi e scosse il capo di qua e di là, era inebriante. Lo fece tre volte. «Suppongo che potrei annegare se rimanessi sotto abbastanza tempo» pensò. «Chissà quanto ci vuole a perdere conoscenza?... Ho letto spesso di donne annegate in un secchio. Chissà se entra dell'aria dalle orecchie, se il catino dovrebbe essere profondo come un secchio?» Fece l'esperimento, afferrò a due mani il lavamano e immerse piano la testa nell'acqua; quando bussarono di nuovo alla porta, questa volta non era la padrona di casa, doveva essere Casimir. Col viso e i capelli grondanti e il corpetto della sottoveste sbottonato, corse ad aprire.

Uno sconosciuto stava appoggiato allo stipite, vedendola

fece tanto d'occhi e sorrise deliziato.
— Mi scusi... abita qui Fräulein Schäfer?
— No; mai sentita nominare. — Il sorriso di lui era così contagioso che aveva anche lei voglia di sorridere, e l'acqua l'aveva fatta sentire così fresca e rosea.

Lo sconosciuto sembrò sopraffatto dallo stupore. — Davvero? — esclamò. — È uscita, vorrà dire!

— No, non abita qui, — rispose Viola.

— Ma, scusi, un momento. — Si staccò dallo stipite, mettendosi proprio di fronte a lei. Si sbottonò il cappotto, prese dalla tasca interna un foglietto di carta e lo lisciò con le dita inguantate prima di porgerglielo.

— Sì, l'indirizzo è questo, niente da dire, ma dev'essere sbagliato il numero. Sa, in questa strada ci sono tante pensioni, e così grandi.

Dai capelli caddero sul foglio gocce d'acqua. Scoppiò a ridere. — Oh, che aspetto orrendo devo avere, un momento! — Tornò di corsa al lavabo e afferrò un asciugamano. La porta era ancora aperta... Dopo tutto, non c'era altro da dire. Perchè mai gli aveva chiesto di aspettare un momento? Si avvolse l'asciugamano intorno alle spalle e tornò alla porta, improvvisamente seria, e con voce secca: — Mi dispiace, non conosco nessuno che si chiami così.

Disse lo sconosciuto: — Spiace anche a me. Abita qui da molto?

— Ehm... sì... da parecchio. — Cominciò a chiudere piano la porta.

— Be'... buongiorno, grazie mille. Spero di non averla disturbata.

— Buongiorno.

Lo udì allontanarsi lungo il corridoio e poi fermarsi ad accendere una sigaretta. Sì, un vago odore di delizioso fumo di sigaretta penetrò nella stanza. Lei lo aspirò tornando a sorridere. Be', era stato un interludio affascinante! Lui pareva così incredibilmente felice; e i suoi abiti pesanti e i grossi guanti abbottonati; i capelli meravigliosamente spazzolati... e quel sorriso... «Allegro» era la parola, proprio un ragazzo ben nutrito per il quale il mondo intero era un immenso parco giochi. Persone così facevano star bene, ci si sentiva «rimessi a nuovo» anche solo vedendole. Erano *assennate*, così assennate e solide. Si poteva giurare che non avrebbero mai avuto un solo impulso irragionevole dal primo all'ultimo dei loro giorni. E la Vita stava dalla loro parte, se li coccolava, e a ben ragione. In quel momento notò la lettera di Casimir, appallottolata per terra, il sorriso svanì. Fissando la lettera cominciò a intrecciarsi i capelli, fu invasa da una rabbia sorda e strisciante, le sembrò di intrecciarseli nel cervello e di legarseli, stretti, sopra la testa... Certo, fin dal principio l'errore era stato quello. Quale? Oh, la spaventosa serietà di Casimir. Se quando si erano conosciuti lei fosse stata felice, non lo avrebbe nemmeno guardato, ma erano come due pazienti nello stesso reparto d'ospedale, ognuno trovava conforto nella malattia dell'altro, bel fondamento per una storia d'amore! La sfortuna aveva battuto loro le teste insieme: si erano guardati, storditi dal colpo, e avevano simpatizzato... «Magari potessi prendere le distanze da tutta questa storia e limitarmi a giudicarla, allora troverei il modo di uscirne. Certo ero innamorata di Casimir... Oh, sii sincera per una volta». Si lasciò cadere sul letto e nascose il viso nel cuscino. «Non ero innamorata. Avevo bisogno di qualcuno che avesse cura di me, che mi avesse mantenuta finché i miei lavori non cominciavano a vendere, che mi avesse tenuta lontana dalle noie con gli altri. E che sarebbe successo se non fosse arrivato lui? Avrei speso quella ridicola miseria che avevo da parte, e poi... Sì, era stato questo a farmi decidere, il pensiero di quel "poi". Lui era l'unica soluzione. E allora credevo in lui. Pensavo che bastasse che il suo lavoro fosse riconosciuto e lui avrebbe nuotato nell'oro. Pensavo che forse saremmo stati poveri per un mese, ma lui diceva che, se solo avesse potuto avermi, lo stimolo... Sarebbe buffo, se non fosse così maledettamente tragico! È successo esattamente il contrario, è da mesi che non gli pubblicano più niente, neanche a me se è per quello, ma d'altronde io non ci contavo. Sì, la verità è che sono dura e inasprita, e i falliti non mi ispirano né fiducia né amore. Finisco sempre per disprezzarli, come disprezzo Casimir. Suppongo sia l'orgoglio selvaggio della femmina, a cui piace pensare che l'uomo a cui si è data dev'essere proprio un grande capo. Ma marcire in questa topaia mentre Casimir perlustra il paese nella speranza di trovare almeno una porta editoriale aperta, è umiliante. Ha cambiato completamente la mia natura. Io non sono nata per la miseria, io fiorisco solo in mezzo a persone davvero allegre, a persone che non hanno mai preoccupazioni».

Le apparve davanti la figura dello sconosciuto, non si lasciava scacciare. «Era quello l'uomo giusto per me, tutto sommato, un uomo senza assilli, che mi darebbe tutto quel che desidero e col quale proverei sempre quel senso di vita e di contatto col mondo. Non ho mai avuto voglia di combattere, io ci sono stata costretta. Davvero, c'è in me una sorgente di felicità che a poco a poco si prosciuga, in questa odiosa esistenza. Morirò, se va avanti così... e...» si rigirò nel letto spalancando le braccia, – voglio la passione, l'amore, e l'avventura, li agogno. Perché dovrei star qui ad ammuffire?... Ammuffisco! – esclamò, confortandosi al suono della sua voce incrinata. «Ma se dico tutto questo a Casimir quando viene questo pomeriggio, e lui risponde: "Vai!", come certo farà, ecco un'altra cosa che disprezzo in lui, mi è sottomesso, cosa farei allora, dove andrei?» Non aveva dove andare. «Non voglio lavorare, o sudare per farmi strada. Voglio gli agi, e le cure carezzevoli di un nido di lusso. C'è solo una cosa per la quale sono tagliata, ed è fare la gran cortigiana». Ma non sapeva da dove cominciare. Aveva paura di battere il marciapiede, sentiva parlare di cose spaventose che succedevano a quelle donne, uomini con malattie, o che non pagavano, e poi l'idea di uno sconosciuto ogni notte... no, era fuori questione. «Se avessi i vestiti adatti andrei in un albergo di classe e troverei qualche uomo ricco... come lo sconosciuto di stamani. Lui sarebbe l'ideale. Oh, se solo avessi il suo indirizzo, sono sicura che saprei affascinarlo. Lo terrei allegro tutto il giorno, mi farei dare soldi a non finire...». Fu sopraffatta a questo pensiero da una sensazione di calore e tenerezza. Cominciò a sognare una casa stupenda, e armadi a muro pieni di vestiti e profumi. Si vide salire in carrozza, lanciare allo sconosciuto occhiate cariche di mistero e voluttà, si esercitò con quelle occhiate distesa sul letto, e poi basta preoccupazioni: sarebbe stata solo ebbra di felicità. Quella era la vita che faceva per lei. Be', la prima cosa da fare era lasciare che quella sera Casimir se ne andasse ad acchiappare nuvole, e mentre lui non c'era... Ma come! E poi, non dimentichiamolo, c'era da pagare l'affitto l'indomani, entro mezzogiorno, e lei non aveva neanche i soldi per un pasto degno di questo nome. Al pensiero del cibo provò una fitta improvvisa, la sensazione che nel suo stomaco ci fosse una mano che glielo strizzasse fino a prosciugarlo. Aveva una fame tremenda... tutta colpa di Casimir, e quell'altro era vissuto nell'abbondanza da quand'era nato. Sembrava il tipo da ordinare un magnifico pranzo. Oh, perché lei non aveva giocato meglio le sue carte, era stato mandato dalla Provvidenza, e lei l'aveva snobbato. «Se riavessi quell'occasione, ora sarei al sicuro». E al posto dell'uomo qualunque che le aveva parlato sulla porta, la sua mente creò un'immagine brillante, ilare, che l'avrebbe trattata da regina... «C'è una cosa sola che non potrei sopportare, che fosse ordinario o volgare. Be', non lo era. Ovvio che era un uomo di mondo, e il modo in cui si è scusato... Ho abbastanza fede nel mio potere e nella mia bellezza per sapere che riuscirei a farmi trattare da un uomo proprio come vorrei». Fluttuò nei suoi sogni quel dolce profumo di sigaretta accesa. E allora si ricordò di non aver sentito nessuno scendere le scale di pietra. Possibile che lo sconosciuto fosse ancora lì?... L'idea era troppo assurda. La vita non faceva scherzi del genere, eppure sentiva con certezza la vicinanza di lui. Si alzò pianissimo, staccò dal gancio dietro la porta una lunga vestaglia bianca, se l'abbottonò, con un sorriso furbo. Non sapeva cosa sarebbe successo. Pensò soltanto: «Oh, com'è divertente!» e le parve che stessero facendo un gioco delizioso, lei e quello sconosciuto. Ruotò delicatamente la maniglia della porta, contraendo il viso e mordendosi il labbro allo scatto della serratura. Naturalmente, lui era lì appoggiato alla ringhiera. Mentre lei scivolava nel corridoio lui si voltò.

– Uff, – borbottò, avvolgendosi stretta nella vestaglia, – devo andare giù a prendere della legna. Brr! che freddo!

– Non c'è legna, – la informò lo sconosciuto. Lei fece un gridolino di sorpresa, e poi scosse la testa.

– Ancora lei, – disse in tono di rimprovero, conscia nel contempo dell'occhio allegro e dell'odore fresco e forte del corpo sano di lui.

– La padrona di casa ha urlato che non c'era più legna. E l'ho vista uscire per andare a comprarla.

– Storie, storie! – aveva voglia di gridare. Lui le venne vicinissimo, e sovrastandola mormorò:

– Non mi invita a finire la sigaretta in camera sua?

Lei annuì. – Sì, se vuole!

Quel momento insieme nel corridoio aveva fatto accadere un miracolo. La sua stanza si era trasformata, era colma di una luce dolce e del profumo dei giacinti. Persino i mobili parevano diversi, eccitanti. Le balenarono nella memoria le feste dei bambini, quando giocavano a sciarade e un gruppo usciva dalla stanza e rientrava per mimare una parola, proprio quel che faceva lei ora. Lo sconosciuto si avvicinò alla stufa e si sedette nella sua poltrona. Viola non voleva che le parlasse o le si avvicinasse, le bastava vederlo nella stanza, così sicuro e felice. Che fame aveva avuto della vicinanza di qualcuno così, qualcuno che non sapesse proprio niente di lei, che non avesse pretese, ma vivesse e basta. Viola corse al tavolo e abbracciò il vaso di giacinti.

– Stupendi! Stupendi! – esclamò, affondando la testa nei fiori, e annusandone avidamente il profumo. Al disopra delle foglie guardò l'uomo e rise.

– È una creaturina buffa, lei, – disse pigramente.

– Perché? Perché amo i fiori?

– Preferirei di gran lunga che amasse altre cose, – disse lo sconosciuto lentamente. Lei staccò un piccolo petalo rosa e lo osservò sorridendo.

– Mi permetta di mandarle dei fiori, – disse lo sconosciuto. – Gliene manderò un vagone, se le piacciono.

La sua voce la spaventò un po'. – Oh no, grazie - mi bastano questi.

– No che non le bastano, – fece lui in tono malizioso.

«Che stupidaggine!» pensò Viola; e, a un secondo sguardo, lui non le sembrò più tanto allegro. Notò che i suoi occhi erano troppo ravvicinati, e troppo piccoli. Orribile pensiero, che lui dovesse rivelarsi uno stupido.

– Che cosa fa tutto il giorno? – gli chiese in fretta.
– Niente.

– Proprio niente?
– Perché dovrei fare qualcosa?
– Oh, non creda neppure per un momento che io condanni una tale saggezza... solo, sembra troppo bello per essere vero!
– Che cosa? – e protese il collo in avanti. – Che cosa sembra troppo bello per essere vero? – Sì, non si poteva negarlo, sembrava proprio uno sciocco.
– Suppongo che la ricerca di Fräulein Schäfer non occupi tutte le sue giornate.
– Oh, no, – fece un largo sorriso. – Questa è proprio buona! No, per Giove! Faccio dei bei giri in carrozza. Le piacciono i cavalli?
Lei annuì. – Li adoro.
– Deve venire in carrozza con me, ho una bella pariglia di grigi. Vuole?
«Sarei carina arrampicata dietro a dei grigi col mio unico cappello» pensò lei. E a voce alta: – Mi piacerebbe molto. – Il suo facile consenso gli piacque.
– Che ne dice di domani? – suggerì. – Se domani facesse colazione con me e poi la portassi in carrozza?
Dopo tutto, si trattava solo di un gioco. – Sì, domani non ho impegni, – disse.
Una piccola pausa, poi lo sconosciuto si diede dei colpetti sulla gamba. – Perché non viene a sedersi? – disse.
Lei finse di non vedere e di slancio si sedette sul tavolo. – Oh, sto bene qui.
– No che non è così, – di nuovo con voce maliziosa. – Venga a sedersi sulle mie ginocchia.
– Oh, no, – disse Viola con fervore, improvvisamente indaffarata coi capelli.
– Perché no?

– Non voglio.

– Su, venga qui, – con impazienza.

Lei scosse il capo. – Non mi sognerei mai di fare una cosa del genere.

A queste parole lui si alzò e le si avvicinò. – Buffa micina! – Alzò una mano per toccarle i capelli.

– No, – disse lei, e scivolò giù dal tavolo. – Credo... credo sia ora che se ne vada. – Ora aveva proprio paura, pensava solo: «Di questo qui è meglio che mi liberi il più presto possibile».

– Non vorrà mica che me ne vada?

– Sì che lo voglio, sono molto occupata.

– Occupata. Cosa fa la micina tutto il giorno?

– Tante e tante cose! – Aveva voglia di spingerlo fuori dalla stanza e sbattergli la porta in faccia, idiota, stupido, che delusione crudele.

– Perché è così accigliata? – chiese lui. – È preoccupata per qualcosa? – Improvvisamente serio: – Dico... non è per caso in difficoltà finanziarie? Vuole dei soldi? Glieli darò, se lo desidera!

«Soldi! Non mollare il freno... non perdere la testa!» così parlò a se stessa.

– Le darò duecento marchi se mi bacia.

– Ohibò! Che bel patto! Io non voglio baciarla, non mi piace baciare. La prego di andarsene!

– Sì che le piace! Sì che le piace. – Le afferrò le braccia sopra i gomiti. Lei lottò, ed era stupita nell'accorgersi di provare tanta rabbia.

– Mi lasci andare... immediatamente! – esclamò, lui la cinse con un braccio intorno alla vita e l'attirò a sé. Quel braccio era come una sbarra di ferro dietro la schiena.

– Mi lasci in pace, le dico! Non sia vigliacco! Non volevo

che accadesse questo quando è entrato in camera mia. Come osa?

– Bene, mi dia un bacio e me ne andrò!

Era un'idiozia, sottrarsi a quella stupida faccia sorridente.

– Non voglio baciarla! bruto! non voglio! – Chissà come, riuscì a svincolarsi dalle sue braccia e corse verso il muro, appoggiando la schiena alla parete, col respiro affannoso.

– Se ne vada! – balbettò. – Se ne vada subito, fuori di qui!

In quel momento, mentre lui non la toccava, si divertiva moltissimo. La elettrizzava il suono della sua stessa voce irata. «Pensare che sto parlando in questo modo a un uomo!» Una vampata d'ira si diffuse sul viso di lui, le labbra si alzarono scoprendo i denti, proprio come un cane, pensò Viola. Le si precipitò addosso e la tenne ferma contro il muro, premendola con tutto il peso del suo corpo. Questa volta lei non riuscì a liberarsi.

– Non voglio baciarla. Non voglio. Smetta di fare così! Uh! Sembra un cane, dovrebbe trovarsi le amanti sotto i lampioni, bestia... demonio!

Lui non rispose. Con un'assurda determinazione sul viso, le si premette addosso ancor più pesantemente. Non la guardava nemmeno, ma martellava con voce tagliente: – Stia buona, stia buona.

«Grr-rr! Perché gli uomini sono così forzuti?» Cominciò a piangere. – Se ne vada, non la voglio, sporco individuo. Voglio ucciderla. Oh, mio Dio! se avessi un coltello.

– Non faccia la stupida... Venga e stia buona! – La trascinò verso il letto.

– Crede che sia una donna leggera? – ringhiò lei, e chinandosi di scatto gli ficcò i denti nel guanto.

– Ah! Non faccia così... mi fa male!

Lei non lasciò la presa, ma il suo cuore diceva: «Grazie al

cielo mi è venuta quest'idea».

– La smetta immediatamente, strega, puttana! – La scaraventò lontano. Lei vide con gioia che aveva gli occhi pieni di lacrime. – Mi ha fatto male davvero, – disse con voce strozzata.

– Ma certo. L'ho fatto apposta. Non è niente, in confronto a quello che le farò se mi tocca ancora.

Lo sconosciuto prese il cappello. – No, grazie, – disse cupo. – Ma questa non me la dimentico, andrò dalla sua padrona di casa. – Puah! – Lei scrollò le spalle ridendo. – Le dirò che è entrato con la forza e che ha tentato di aggredirmi. A chi crederà? con la sua mano morsicata! Vada a trovare la sua Schäfers.

Un senso di felicità gloriosa, inebriante, inondò Viola. Roteò gli occhi verso di lui. – Se non se ne va subito, la mordo di nuovo, – disse, e quelle parole assurde la fecero scoppiare a ridere. Anche quando la porta fu chiusa, sentendolo scendere le scale, lei rise e ballò per la stanza.

Che mattinata! Oh, da metterla in conto. Questa era stata la sua prima battaglia, e lei aveva vinto, aveva sconfitto quella bestia tutta da sola. Le tremavano ancora le mani. Si tirò su la manica della vestaglia, aveva dei grossi segni rossi sulle braccia. «Avrò le costole piene di lividi,» rifletté. «Sarò tutta un livido. Se almeno quel tesoro di Casimir avesse potuto vederci». E la rabbia e il disgusto verso Casimir erano del tutto scomparsi. Cosa poteva farci quel povero caro, se non aveva soldi? Lei ne aveva colpa esattamente quanto lui, e lui, proprio come lei, era ai margini del mondo, lo combatteva proprio come aveva fatto lei. Magari fossero state già le tre. Si vide corrergli incontro e gettargli le braccia al collo. – Mio adorato! Ma certo che vinceremo. Mi ami ancora? Oh, sono stata orribile con te, ultimamente.

UNA VAMPATA

Max, scemo di un diavolo, ti romperai l'osso del collo se continui ad andare così in picchiata giù per la discesa. Piantala, e vieni con me al Circolo a prendere un caffè.

– Per oggi ne ho abbastanza. Sono bagnato fino al midollo. Su, dammi una sigaretta, Victor, vecchio mio. Quando torni a casa?

– Non prima di un'ora. È un bel pomeriggio e mi sento abbastanza in forma. Attento, esci dalla pista; arriva Fräulein Winkel. Ha un modo maledettamente elegante di guidare la slitta!

– Sono tutto gelato. Ecco il guaio di questo posto, la nebbia, il freddo umido. Ecco a lei, Forman, si occupi di questa slitta e la infili da qualche parte dove domattina possa ritrovarla senza cercarla in mezzo ad altre centocinquanta.

Si sedettero a un tavolino rotondo vicino alla stufa e ordinarono il caffè. Victor si buttò sulla sedia, accarezzando il suo cagnolino marrone Bobo, guardando Max con un risolino.

– Che c'è, mio caro? Il mondo non è buono e bello?

– Vorrei il mio caffè, e vorrei mettermi i piedi in tasca, mi sembrano pietre... Da mangiare nulla, grazie. Qui la torta sembra gomma poco cotta.

Fuchs e Wistuba vennero a sedersi al loro tavolo. Max si voltò a metà e allungò i piedi verso la stufa. Gli altri tre uomini si misero a chiacchierare tutti insieme, del tempo, della discesa record, delle buone condizioni del Wald See[19] per pattinare.

A un tratto Fuchs guardò Max, alzò le sopracciglia e fece un cenno a Victor, che scosse il capo.

– Il pupo non si sente bene, – disse, dando da mangiare al cane marrone delle zollette di zucchero spezzettate, – e nessuno deve disturbarlo, io sono la bambinaia.

– È la prima volta che lo vedo di cattivo umore, – disse Wistuba. – Ho sempre creduto che gli fosse toccato il meglio di questo mondo e che nessuno potesse toglierglielo. Credo stia ringraziando il Signore per avergli risparmiato stasera di essere portato a casa in mille pezzi. È da stupidi giocare il tutto per tutto a quel modo, col rischio di lasciare la patria nella desolazione.

– Piantala, – disse Max. – Tu sulla neve dovresti girare in carrozzella.

– Oh, non t'offenderai, spero. Non essere antipatico... Come sta tua moglie, Victor?

– Non sta affatto bene. Ha battuto la testa scendendo in slitta con Max, domenica. Le ho detto di restare a casa tutto il giorno.

– Mi dispiace. Voialtri tornate in città o vi fermate qui?

Fuchs e Victor dissero che si sarebbero fermati, Max non rispose e sedette immobile, mentre gli altri pagavano il caffè e se ne andavano. Victor tornò indietro un momento e gli posò una mano sulla spalla.

– Se torni subito a casa, mio caro, vorrei che tu andassi un momento da Elsa, a dirle che rientrerò tardi. E stasera vieni a mangiare con noi da Limpold, ti va? Appena sei a casa, bevi un grog bollente.

---

[19] Lago bavarese.

– Grazie, vecchio mio, sto bene. Vado subito.

Si alzò, si stirò, si abbottonò il pesante cappotto e si accese un'altra sigaretta.

Dalla porta Victor lo guardò farsi strada nella neve alta, a testa china, le mani ficcate in tasca, sembrava quasi attraversare di corsa, verso la città, quella distesa di neve.

*
** *

Qualcuno salì le scale con passo pesante, si fermò dietro la porta del salotto e bussò.

– Sei tu, Victor? – chiamò lei.

– No, sono io... posso entrare?

– Ma certo. Santo cielo, sembri Babbo Natale! Appendi il cappotto sul pianerottolo e scrollati di dosso la neve fuori dalla ringhiera. Ti sei divertito?

La stanza era piena di luce e calore. Elsa, in un abito da pomeriggio di velluto bianco, era acciambellata sul divano, con una rivista di moda sulle ginocchia e una scatola di cioccolatini accanto.

Le tende non erano ancora state tirate, una luce azzurra traluceva dai vetri e i rami degli alberi si slanciavano imbiancati.

La stanza di una donna, piena di fiori e fotografie e cuscini di seta, il pavimento folto di tappeti, un'immensa pelle di tigre sotto al pianoforte, spuntava solo la testa della fiera dormiente.

– Sì, abbastanza, – disse Max. – Victor tornerà tardi. Mi ha detto di passare a dirtelo.

Iniziò a passeggiare su e giù, si strappò di dosso i guanti e li gettò sul tavolo.

– Non fare così, Max, – disse Elsa, – mi irriti. E oggi ho

mal di testa; sono febbricitante e ho il viso in fiamme... Non trovi che sono tutta rossa?

Lui si fermò vicino alla finestra, lanciandole un'occhiata rapida di sopra la spalla.

– No, – disse, – non l'avevo notato.

– Oh, non mi hai guardata bene, e ho messo pure un nuovo vestito da pomeriggio. – Raccolse le gonne e batté sul divano per indicargli un posticino.

– Vieni a sederti accanto a me e dimmi perché fai i capricci.

Ma lui, in piedi vicino alla finestra, si passò d'un tratto il braccio sugli occhi.

– Oh, – disse, – non posso. Sono finito... esausto... distrutto.

Silenzio nella stanza. La rivista di moda cadde sul pavimento con un rapido fruscio di fogli. Elsa si sedette sul bordo del divano, con le mani intrecciate in grembo; una strana luce le splendeva negli occhi, la bocca era scarlatta.

Poi parlò con molta calma.

– Vieni qui e spiegati. Non so di che diavolo stai parlando.

– Lo sai benissimo, lo sai meglio di me. Hai giocato con Victor in mia presenza, perché mi sentissi peggio. Mi hai tormentato, mi hai dato corda, offrendomi tutto e niente. Dall'inizio alla fine hai fatto come il ragno con la mosca, e io l'ho sempre saputo, e sono stato incapace di oppormi.

Si voltò apposta.

– Credi che quando mi hai chiesto di appuntarti i fiori sul vestito da sera, quando mi hai permesso di entrare in camera tua mentre Victor era fuori e tu ti pettinavi, quando hai fatto la bambina e ti sei fatta imboccare da me con l'uva, quando sei corsa a frugarmi in tutte le tasche cercando una sigaretta, sapendo perfettamente dove le tenevo, ma hai comunque rovistato nelle mie tasche una ad una, e io sono stato al gioco, credi che ora che l'hai finalmente acceso, il tuo falò, sarà una cosetta tranquilla e piacevole; e che potrai impedire alla casa di bruciare da cima a fondo?

D'un tratto lei impallidì e trattenne il respiro bruscamente.

– Non mi parlare così. Non hai diritto di parlarmi così. Sono la moglie di un altro.

– Uhm, – sogghignò lui, gettando la testa indietro, – il gioco è andato un po' troppo avanti, ormai, e questo è sempre stato il tuo asso nella manica. Ami Victor solo come il gatto ama il latte, povera gattina affamata, lui ti ha dato tutto, ti ha portato in seno, senza mai immaginare che quelle unghiette rosa potessero straziare il cuore di un uomo.

Lei si agitò, guardandolo quasi impaurita.

– Dopo tutto, – fece con voce malferma, – questa è camera mia; dovrò pregarti di andartene.

Ma lui le si avvicinò barcollando, s'inginocchiò vicino al divano, le affondò la testa in grembo cingendole la vita con le braccia.

– E io *ti amo*... ti amo; che umiliazione, ti adoro. No, no, lasciami stare qui un momentino, un minuto solo in tutta la vita... Elsa! Elsa!

Lei si appoggiò allo schienale e affondò la testa tra i cuscini.

Poi la voce soffocata di lui: – Mi sento un selvaggio. Voglio tutto il tuo corpo. Voglio portarti in una caverna e amarti fino ad ucciderti, non puoi capire quel che prova un uomo. Vederti mi uccide, mi nausea la mia stessa forza che mi si ritorce contro, e muore, e risorge come una fenice dalle ceneri di quell'orribile morte. Amami soltanto questa volta, dimmi una bugia, *dimmi* che mi ami... tu che menti sempre.

Invece lei lo respinse, spaventata.

– Alzati, – disse, – pensa se entrasse la cameriera col tè.

– Oddio! – Lui si alzò incespicando e restò in piedi a fissarla.

– Sei marcia fino al midollo, e lo sono anch'io. Ma tu sei di una bellezza pagana.

La donna andò al pianoforte... rimase in piedi... battendo un tasto, le sopracciglia aggrottate. Poi scrollò le spalle e sorrise.

– Ti confesso una cosa. Ogni parola che hai detto è vera. Non posso farci nulla. Non posso fare a meno di cercare l'ammirazione degli altri, come un gatto non può fare a meno di avvicinarsi alla gente per farsi accarezzare. È nella mia natura. Sono nata nell'epoca sbagliata. Eppure, sai, non sono una donna *dappoco*. Mi piace essere adorata dagli uomini, adulata, perfino amata, ma non mi darei mai a nessuno. E nemmeno... lascerei mai che un uomo mi baciasse.

– È infinitamente peggio. Non hai scuse legittime. Ma sì, perfino una prostituta ha più senso di generosità!

– Lo so, – rispose lei, – lo so perfettamente, ma non posso farci nulla se sono fatta così... Te ne vai?

Lui s'infilò i guanti.

– Bene, – disse, – adesso cosa ne sarà di noi?

Lei scrollò di nuovo le spalle.

– Non ne ho la minima idea. Non ce l'ho mai, lascia solamente che le cose vadano a modo loro.

– Sola soletta? – gridò Victor. – Non è venuto Max?

– Si è fermato solo un momento, non ha voluto neanche prendere il tè. L'ho mandato a casa a cambiarsi... Era tremendamente noioso.

– Povera cara, ti si stanno sciogliendo i capelli. Te li appunto io, sta' ferma un momento... e così, ti stavi annoiando?

– Uhm-m, tremendamente... Oh, hai infilzato la testa di tua moglie con una forcina, ragazzaccio!

Gli gettò le braccia al collo e alzò gli occhi verso di lui, quasi ridendo, come una bella bambina affettuosa.

– Dio! Che donna sei, – disse l'uomo. – Mi rendi così dannatamente orgoglioso, tesoro, che io... non lo so!

www.ingramcontent.com/pod-product-compliance
Lightning Source LLC
LaVergne TN
LVHW030344070526
838199LV00067B/6438